竜の子を産んだら離縁されたので
森で隠居することにしました
illustration フライ
presented by Ten Kashiwa 柏てん

ジェラルド
ジェラルド・ハンセン。ファーヴニル王国の剣竜騎士団・団長。お堅い性格かつ仏頂面の持ち主で、『泣く子がもっと泣くジェラルド』との異名を持つ。
「えっ……」
「ギャーオー！」

『ちょっと、ラクス！』
ラクス
シャーロットの一人息子。現在、三歳。シャーロットの愛を独り占めして、すくすくと育つ。甘えん坊で、突然、同居人となったジェラルドを警戒中。
シャーロット
シャーロット・ヨハンソン。貧乏貴族の次女として生を受け、十五歳で豪商・アニス商会の一人息子の元へ嫁ぐが、その後、離縁された。ラクスの母。

ジェラルドはこの幼い竜の存在に、
すっかり魅了されつつあった。
それはラクスの備える鋭い爪や牙に対してでなく、
その美しさや愛らしい性格に対してだった。
生活を共にしていると、シャーロットがラクスを
『息子』と言う意味がよくわかる。
ラクスは心の底からシャーロットに甘えているし、
シャーロットも世の愛情深い母親となんら変わるところがない。
――彼らを見ていると、こちらまで幸せな気持ちになる。

けれどなぜか……ほんの少し胸が痛い。

竜の子を産んだら離縁されたので
森で隠居することにしました

presented by
Ten Kashiwa
柏てん
illustration
フライ

宝島社

竜の子を産んだら
離縁されたので森で
隠居することにしました

CONTENTS

プロローグ
Prologue

シャーロット・ヨハンソンは貧乏貴族の次女として生を受けた。

髪は口に含めば甘くとろけそうなキャラメルブラウン。雨の日には広がってしまって手におえないロングパーマ。目の色は春の空みたいに霞《かすみ》がかった淡いブルーだ。

七人兄弟の真ん中で、特に溺愛《できあい》されたわけでもなくどちらかというとほったらかしで育った。

兄二人と姉が一人。それに少し意地悪なすぐ下の弟と、とても可愛がっている男の子と女の子の双子がいる。

上の二人は既に結婚し、王都で騎士をしている兄は独身生活を謳歌《おうか》していた。

次は私の番だわと、胸をときめかせたりしている十四歳。

社交界デビューはお金がなくてできなかった。

そして決まった結婚相手は、十歳年上の商家の息子。

城下では飛ぶ鳥を落とす勢いの、アニス商会の一人息子だ。

わずかな持参金と一緒に嫁《とつ》いだシャーロットは婚家であんまりいい扱いをしてもらえなかった。

いや、本当のことをいえば、かなりひどい扱いをされた。

なんたって旦那様のヒューバート・アニスは、外に妾《めかけ》を囲っていてほとんど家に帰ってこない。

夫不在で義理の両親と同居しなければならなかったシャーロットの苦労というのは、推《お》して知るべし。妻というよりも、ほとんど使用人のような扱いだ。お手伝い達に交じって朝一番に水を汲《く》み、料理洗濯掃除となんでもやる。

それでも基本的に楽天家で、天然なところのある彼女はあまり事態を悲観してはいなかった。

元々、貴族の結婚というのは好き嫌いでするものではない。

自分が結婚したことで実家は援助を受けられたし、これで弟もいいところからお嫁さんをもらうことができるだろう。

そう思えば、義母に怒鳴られ、朝から晩までこき使われようと、たいして苦ではなかった。

第一話◆ホットミルクの夢

嫁入りから一年が過ぎて、シャーロットが十五歳になった夜。

誰に祝われることもなく、ただ疲れて倒れ込んだベッドで彼女は夢を見た。

ホットミルクみたいな濃い霧の中。ナッツ入りのチョコブラウニーのようにザクザクする地面を歩いていくと、広い広い湖に辿《たど》りつく。

霧が滑《すべ》る水面をじっと見ていたら、その中心に波紋《はもん》が生まれ、そして見たこともない生き物が顔を出した。

二本の角と、鋭い牙。狼《おおかみ》のように大きな口と、四枚の羽根を持つ生き物だ。

その表面はオパールのように角度によって色の変わる鱗《うろこ》で覆《おお》われ、ブルーサファイア色の目は深い知性に満ちていた。

それが冒険者の間で「竜」と呼ばれる生き物であることを、シャーロットは知らなかった。

（なんて綺麗な生き物かしら）

世間知らずのシャーロットは、ただほうっとため息《いき》をついた。

不思議と、恐ろしいとは思わなかった。

あまりにも現実感がなかったからかもしれない。

彼女はじっと、その生き物に見惚《みほ》れていた。

どれくらいそうしていただろう。

突然、翼を広げた竜は、辺りを覆う霧をたった一度の羽ばたきで払ってしまった。

そしてその巨体を軽々と湖から浮かびあがらせ、一瞬にしてシャーロットとの距離を詰めたのだ。

竜はその大きな身体に反して、とても俊敏な生き物だった。

彼らは翼ではなく、鱗に宿る魔力を使って飛ぶ。

その鱗の一枚一枚には魔力が宿っていて、一枚あれば人間でも数時間は飛行が可能なのだ。

だから竜の鱗が一枚で、一生遊んで暮らせるほどの金になる。

けれど、シャーロットは当然そんなこと知らなかった。

『お前だ』

突然、シャーロットの頭に声が響く。

まるでたくさんの人間の言葉が重なったような、これ以上ないほどに低くしわがれた声。なのにちっとも不快ではなく、深みのある弦楽器の音色のようだ。

(大叔父《おおおじ》様がお風邪を召した時でさえ、こんなお声にはならなかったわ)

シャーロットがそんなことを考えていると。

竜はおもむろに、己の首元にある鱗を一枚引き剥《は》がしてしまった。

赤い血が迸《ほとばし》る。

人の物とは違う、もっと赤よりも黒に近い血だ。
驚いたシャーロットは、思わず口を覆った。
そして、おそるおそる手を伸ばす。
竜を刺激しないように、そっとその傷口に手を添えた。
なんとなく、その生き物が傷つくのが嫌だったからだ。
しかし両手で傷を覆っても、治せるわけはない。
血はどくどくと流れ続けた。
悲しくなって、シャーロットは一粒の涙を零《こぼ》した。
『人間。気にするな。それよりもこれを受け取れ』
そうして竜は、口にくわえた鱗を差し出した。
平たく削《けず》ったオパールに、クジャクの羽根のような模様が浮かびあがる。
淡く発光するそれを、シャーロットは受け取った。
「これを、どうすればいいのですか？」
尋ねると、竜は四枚ある翼のうちの小さな二枚を少しだけ動かした。
小さな風が、シャーロットの頰《ほほ》を撫《な》でる。
『それを食べて、身体の一部とするのだ』
竜の指示は、思いもよらないものだった。
シャーロットは思わず、手の中の鱗を眺《なが》める。

それはいくら薄くてもシャーロットの掌《てのひら》ほどは大きくて、食べるのには難儀しそうだった。

更にさっきまで傷口を押さえていた手で受け取ったので、血で汚れてしまっている。

「どうしても、食べなくてはだめですか？」

一応、シャーロットは聞いてみた。

手の中の鱗は確かに綺麗だけれど、あまり美味しそうには見えなかったからだ。

『そうだ』

彼女はごくりと唾《つば》をのんだ。

大きすぎるので、鱗をパリンと二つに割る。

〝彼〟がそう言うのなら、そうしなければいけない気がする。

不思議と、シャーロットは竜のことを雄《おす》だとわかっていた。

そして恐ろしいからではなく、彼の願いを叶《かな》えたくて鱗を口に入れた。

（不思議……この血も鱗も、全然生臭くない。むしろお砂糖みたいに甘いわ）

シャーロットの口の中で、鱗はボンボンのように甘く解けた。

血は聖夜祭《せいやさい》で飲むとっておきのワインよりも、濃厚で薫《かお》り高い。

鱗を味わっている間も、シャーロットは目の前の竜から目を離さなかった。

いや、離せなかったのだ。

なぜか酩酊《めいてい》したように身体がふわふわして、とても気持ちがよかった。

（ああ私、ずっとこの生き物と一緒にいたい）

そう思ったのに、いつの間にかシャーロットは夢から覚めていた。

覚醒した瞬間に、消えてしまった夢の残像。

――しかし驚くことに、目覚めたシャーロットは子供を身籠《みご》もっていたのだ。

◇◆◇

シャーロットと旦那様の夫婦生活の実情を知らない義理の両親は、彼女の懐妊《かいにん》をそれはそれは喜んでくれた。

使用人扱いも免除され、毎日ベビーの靴下やケープを編むことだけが、彼女の仕事になった。

シャーロットの心は、はずんでいた。

（結婚式でしたたった一度きりのキスで、身籠もるなんて運がいい）

――そう、彼女は具体的な子作りの方法を知らなかったのだ。

天真爛漫《てんしんらんまん》な彼女を愛した家族は、嫁ぐうえで非常に重要なことを彼女に教えていなかった。

愛人に夢中で実家に寄りつきもしない旦那様は、シャーロットが妊娠したことすら知らない。

そうして悲劇は、起こるべくして起こった。

もっと早く、誰か彼女に子供の作り方を教えてさえいてくれたら――。

「もう少しですよ。奥様頑張って！」

助産婦の応援に合わせ、シャーロットは必死で力んだ。

そのお腹は恐ろしいほど膨れあがり、居合わせた人間全員の頬から汗が滑り落ちる。

それはシャーロットがあの不思議な夢を見てから、ちょうど十五カ月後のこと。

彼女は十六歳になっていた。

人間の妊娠期間は十月十日。

それを大幅に超えたシャーロットの妊娠は、近隣でも気味の悪いものとして噂されていた。

その彼女に、今朝とうとう陣痛がやってきたのだ！

街で最も経験豊富な助産婦が呼ばれ、手伝いに沢山の女達が招集された。

誰もが今か今かと、彼女の出産を待っていた。

そして、彼女から産まれてきたのは――。

「ギャアアアアアアアアアアアアア！」

年を召した助産婦は真っ青になった。

彼女は今まで何百人もの赤ん坊を取りあげてきたが、ここまで奇妙な赤ん坊を見たのは初めてだったからだ。

人にはない筈の尻尾と四枚の羽根。

その重さは人の赤子の倍近くで、肌もまるで蛙《かえる》のようにつるりとしている。肌の色も母親とは似ても似つかない薄水色。赤黒いへその緒で繋がっているのが信じられないほどだ。

部屋に詰めていた女達は、悲鳴をあげながら逃げていった。

ただ一人残った年かさの助産婦が、その赤子を産湯《うぶゆ》につけ、へその緒を切ったのだ。

人非《ひとあら》ざる声で泣くその化け物を、助産婦はシャーロットに見せるべきか悩んだ。

出産は大仕事。

それで命を落とす女も少なくない。

まして、この出産には丸一日以上の時間がかかっている。

それで生まれた子供がこれだと知ったら、若奥様はそれこそ天に召されてしまうかもしれない。

助産婦の脳裏《のうり》を不吉な未来が過《よぎ》る。

「ねえ。私の赤ちゃん。元気に生まれたかしら……？」

息も絶え絶えに、シャーロットが尋《たず》ねる。

「ええ。とても元気な赤ちゃんですよ」

嘘ではない。元気は元気だ。ただ人の形をしていないだけで。

「ちゃんと……五体満足で生まれてきたかしら？」

「ええ。二本の手と二本の足、ちゃんと揃っていらっしゃいます」

四枚の羽根と一本の尻尾は余計だが。

「よかった……ねえ。顔が見たいわ。私のベビー……」

シャーロットが懇願《こんがん》するので、助産婦は仕方がないと心を決めた。

彼女はずっしりと重いその赤子を抱え、シャーロットの目の前に立った。

赤ん坊は早々に泣くのを止《や》め、不思議そうな顔であたりを見回している。

「アァ？」

〝彼〟は首を傾《かし》げた。

おそらく彼は雄だ。

それらしい生殖器が付いているので。

「あぁ……」

シャーロットは深いため息を零した。

汗だくで、キャラメル色の髪を振り乱し、すっかりやつれた顔で、彼女は言った。

「なんて可愛い赤ちゃんかしら……」

そう言ったきり、シャーロットは意識を失った。

部屋で佇《たたず》む助産婦は一人、とりあえずお前を愛してくれるママでよかったねと、その奇妙な赤ん坊を撫でてやった。

＊＊＊

待望の跡取りが人ですらなかったと知り、義理の両親は怒り狂った。

この赤ん坊がシャーロットの不貞《ふてい》の証《あかし》だと言って、彼女に離婚を迫ったのだ。

「二度とこの家に姿を現さないで！」

特に姑《しゅうとめ》は、烈火の勢いでシャーロットを追い出しにかかった。

しかしキスで子供ができると信じていたシャーロットは、なにを責められているのかすらわからなかった。

ただ、こんなに愛らしい子供なのにどうして愛してもらえないのかしらと、首を傾げていた。

そんな折《おり》、今度は愛人の家にこもりきりだった旦那様が帰宅する。

しかし彼が帰ってきたのは、妻が子供を産んだからではない。

なんと、別宅に囲っていた愛人が彼との子を身籠ったというのだ。

義理の両親は大喜び。

あれよあれよという間にシャーロットを家から追い出し、彼の愛人を正式に妻として迎え入れてしまった。

爵位《しゃくい》は手に入るように、その愛人をシャーロットだと偽装して。

引き換えに、居場所をなくしたシャーロットは考えた。

(私が離縁されたと知ったら、きっと家族は悲しむわ。優しいお父様やお兄様は、婚家に怒鳴り込むかもしれない。けれどそんなことになれば、援助は打ち切られるし結婚前に頂いた支度金も、取りあげられてしまうに違いない)

結婚支度金というのは名目で、正しくはシャーロットの実家への支援金だ。

「この金があればワイン工房に設備投資して、生活が楽になるぞ！」

そう言って喜んでいた家族の姿が、シャーロットの瞼《まぶた》に浮かぶ。

彼女はそんなわけで、家族には知らせず一人（＋一匹）で暮らしていこうと決意した。

しかし決心したものの、どこへ行っても彼女の息子はひどく目立ってしまう。

それに、食料としてネズミや子ウサギなどの小動物を欲しがって母親を困らせる。

シャーロットは仕方なく、街から歩いて一時間ほどの北の森で暮らすことにした。

王都の北に鬱蒼《うっそう》と広がるあの森ならば、ネズミや子ウサギだってたくさん住んでいるだろう。

早速、シャーロットは森で暮らす準備を始めた。

まずは住むところ。

初めは野宿も覚悟していたシャーロットだったが、森に入ると息子が彼女の手からぱたぱたと飛び出し、それを追っていくと驚いたことに広い湖と、その畔《ほとり》に建つ一軒の小屋に辿りついた。

その湖には不思議なことに、辺り一面を覆う霧がかかっていた。

(まるで、あの夢の中の湖みたい)

そんなことを考えながら、彼女は小屋の中に入った。

どうやら元は狩猟小屋であったらしいそれは、うち捨てられたのか埃《ほこり》が溜まり壊れてる箇所がいくつもあったが、掃除して修理すれば十分に使えそうな建物だった。

シャーロットは喜んで、その小屋で息子との二人暮らしを開始した。

第二話 ◆ 森とラクス

結局使えなかった赤ちゃんの靴下を雑巾《ぞうきん》代わりに、シャーロットは山小屋の掃除を始めた。

息子は楽しげに庭で遊んでいる。

まだ短い距離しか飛べないので、遠くへ行くことはできないだろう。

窓という窓を開けて風を通し、布を口に巻いて埃を吸い込まないようにする。

それから、古びた箒《ほうき》で蜘蛛《くも》の巣や埃を払い落とし、家の外に掃《は》き出す。

「ギャァ、ギャァア」

山小屋からシャーロットが姿を見せるたび、息子がパタパタと寄ってきた。

頭が重いのだろう。二本足で歩く姿はよちよちと愛敬《あいきょう》がある。

これで生まれて間もないというのだから、人間と比べれば驚きの成長速度だ。

シャーロットは息子に呼びかけようとして、そういえばまだ名前すら付けてあげていなかったことに気が付いた。

今日まで翻弄《ほんろう》されっぱなしの毎日で、息子には申し訳ないが名前どころではなかったのだ。

（名前をつけてあげていなかったなんて……これじゃママとして失格だわ）

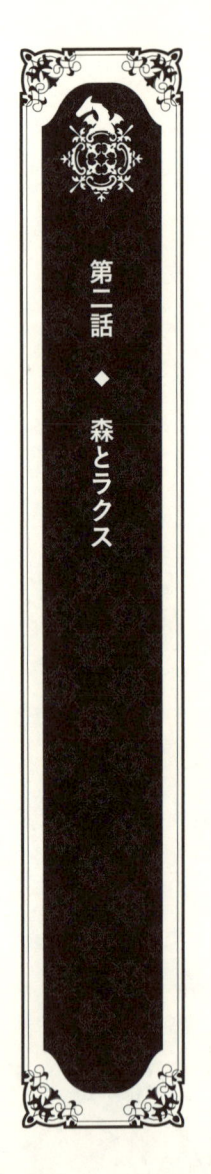

シャーロットは外に出ると、身体の埃を払ってから息子を抱きあげた。

丸くパッチリとした目は、シャーロットと同じ淡い水色。

身体の表面は柔らかくてつるつるとしている。撫でるとひやりとしていて、手に吸い付くような肌触りだ。シャーロットはその触り心地が好きだった。

その表面はまるで朝焼けの水面のように、見る角度によって不思議と色が変わる。白っぽい時もあれば青っぽい時もあり、見ていて飽きることがない。

背中に生えた四枚羽根は、鳥のそれとは違い骨に皮を張った無骨《ぶこつ》なものだ。

しかしちっとも恐ろしく感じないのは、身体に比べてまだとても小さいからだろう。

「そうだラクス、貴方《あなた》の名前はラクスにしましょう」

古い言葉で『湖』というその名前を、シャーロットは自らの息子に与えることにした。

「ギャーオ！」

ラクスはシャーロットの腕の中で嬉しそうに、手足をばたばたと動かしている。

これからこの子との生活が始まる。

溢れでそうになる不安を押し殺して、シャーロットはラクスの頬に唇を寄せた。

＊＊＊

森の中では、自然と食生活が質素になる。

狩人《かりうど》に荒らされることのない森は動物の宝庫だったが、シャーロットには動物を捕まえる技能がないからだ。

当然の成り行きで、食卓に並ぶのは森に自生していた果物や野菜ばかり。

それでも食べられるだけ感謝だと、シャーロットは思っている。

問題はラクスの食事の方だ。

彼が肉食であることはわかっていた。

離乳食である麦の粥《かゆ》をラクスは食べたがらなかったし、果物にも興味がないからだ。

ネズミや子ウサギが大好き。でも婚家で暮らしていた頃は、一応人間の物をと思って旅人用に売られている干し肉を与えていた。

しかし森の中では、それを手に入れる手段がない。

いきなり母子の暮らしが暗礁《あんしょう》に乗りあげ、シャーロットは途方《とほう》に暮れた。

ラクスの好物がいくらでもいるだろうとやってきた森だが、おっとりとしたシャーロットが捕まえるには小動物達は素早すぎるのだ。

それでも、シャーロットは頑張った。

見よう見真似で罠《わな》を張ったり、巣穴の前で待ち伏せしたり。

なのにどうしても、上手くいかない。

元々シャーロットはおっとりとした優しい性格だ。

料理となればそれらを捌《さば》くことを躊躇《ちゅうちょ》しないが、生きて動いている物を仕留めるとなると勝手が違いすぎる。

お腹を空《す》かせたラクスは、昼夜問わず切《せつ》なげに喉を鳴らした。

その音を聞くたびに、シャーロットはまるで自分が親として失格だと責められているような気持ちになるのだ。

頑張ろうと思えば思うほど空回りしてしまって、シャーロットはついに体調を崩してしまった。

（私がしっかりしなくちゃいけないのに）

硬い寝台でぼんやりと天井を見上げながら、彼女は胸が締め付けられるような気持ちだった。

幼い息子に、満足に食べさせてあげられないのは自分が不甲斐《ふがい》ないせいだ。

（二人きりでも大丈夫――なんて、思いあがりだったのかもしれない……）

気付くと目じりに涙が溜まっていた。

泣いている場合じゃないと思うのに、自然と視界が滲《にじ》んでしまう。


――それから、少しうたた寝をしたらしい。

気が付くと、心配そうにベッドにひっついていた息子が、部屋から姿を消している。

「ラクス⁉」

シャーロットは思わずベッドから起きあがり叫んだ。

突然身体を起こしたことで、眩暈《めまい》が彼女を襲う。

それでも彼女は歯を食いしばってそれを堪《こら》え、ふらふらになりながらベッドを降りた。

（どこに行ったの⁉　まさか勝手に外に出て、クマに食べられちゃったんじゃ……っ）

寝起きの混乱もあって、思い浮かぶのは悪い想像ばかりだ。

シャーロットは薄い夜着のままで、小屋の外に飛び出した。

日が暮れた直後なのか、辺りは薄暗い。

冷たい霧雨が降っていて、草木がしっとりと濡れていた。

「ラクス、どこなの！」

叫びながら、シャーロットは森を分け入っていく。

無防備な素足を鋭い葉先が傷つけて初めて、彼女は自分が靴すら履いていないことに気が付いた。

それでも靴を履きに戻らなかったのは、一刻も早く息子を見つけなければという思いに駆られていたせいだ。

森は刻々と夜になる。そして夜は大型の肉食獣達が、狩りを始める時間だ。

完全に夜になってしまえば、息子は一生帰ってこないような気さえした。

先ほどまでとは違う涙を懸命に堪えながら、シャーロットはラクスの名を呼ぶ。

どれだけ捜し歩いただろう。

シャーロットの声が嗄《か》れかけた頃、木の根元に近い茂みの中から、ようやく聞き覚えのある鳴き声が聞こえた。

「ギャーア……」

「ラクス！」

茂みの中をよく確かめもせず、シャーロットは背の高い野草を掻《か》き分ける。

そこでシャーロットが目にしたのは、羽根が傷つき飛べなくなったラクスの姿だった。

その近くではラクスと同じぐらいの大きな野ウサギが、首筋から血を流して事切れている。

「ラクスッ」

シャーロットは慌てて駆け寄ると、慎重にその身体を抱きしめた。

「ああよかった。ラクス、ラクス……」

羽根こそ傷ついていたが、ラクスにはそれ以外に大きな傷はないようだ。

シャーロットは堪えていた涙を溢れさせると、つるつるとしたラクスの肌を撫でまわし何度も何度も息子の無事を確認した。

するとラクスが、なにやら意味ありげに首を下に向ける。

どうしたいのかと離してやると、彼はそばにあったウサギの首に噛みつき、重そうにその獲物をシャーロットへと差し出してきたではないか。

「まさか、これを私に……？」

シャーロットは目を見開いた。

よく見ればウサギの身体には、ラクスの爪痕《つめあと》らしい細かい傷が沢山ついている。

心なしか、ラクスは誇らしげに胸を反《そ》らしていた。

シャーロットは言葉にならず、もう一度今度は力いっぱい息子を抱きしめたのだった。

＊＊＊

森に暮らし始めて一年が経った頃、シャーロットは意を決して森を出ることにした。

実家に帰ろうとしたのではない。森では手に入らない物を買い揃えたかったのだ。

ラクスに家の中で大人しくしているように言い聞かせ、シャーロットは一人、街に向かった。

彼女が暮らしていた王都は、なにも変わっていなかった。毎日がお祭りのように賑やかな市場と、ざわざわという人々のざわめき。

久々の王都は、シャーロットを愉快な気持ちにさせてくれた。

彼女は薬草店の集まるマッグウィルト通りへ行き、森で採《と》った山菜や薬草をお金に換えた。そしてそのお金で小麦や砂糖、卵を買い求めた。

(これでクッキーが作れるわ)

シャーロットはご機嫌だ。

生肉ばかり食べているラクスだが、シャーロットは彼に手作りのお菓子を食べさせてあげたかった。

子供ができたら手作りのお菓子を一緒に食べる。

それがかねてからのシャーロットの夢だったのだ。

彼女は両手いっぱいの荷物を抱え、市場を歩いていた。

手つかずの北の森の薬草が思った以上に高値で売れたので、それだけ買ってもまだ財布には余裕があった。

（そうだ。ラクスにネックレスを買ってあげるのはどうだろう？）

服は嫌がってすぐに食い千切ってしてしまうラクスだ。特に問題ないようなので裸のままでいさせているが、ネックレスならば彼も嫌がらないかもしれない。

その考えを思いついた時、シャーロットは名案だと飛びあがりたくなった。

似ても似つかない親子だが、お揃いのネックレスを着ければ一目で親子だとわかるはずだ。

ワクワクして、シャーロットは数ある露天商の中から普段使いの装飾品を扱う店に向かった。

けれど彼女がワクワクしていられたのは、ほんの短い時間だった。

沢山の装飾品の中からどれがいいかなと悩んでいると、人混みの中から元夫が現れたのだ。

緑の目と優しげな顔だちの、プレイボーイな元旦那様。商家の息子ヒューバート・アニス。

彼はシャーロットに気付くと、驚いたように目を見開いた。

「お前……」

彼がなにか言おうとした時、シャーロットは気付いてしまった。

「どうしましたの？　あなた」

彼の後ろに立つ、艶《あで》やかな美女の存在に。シャーロットとは真逆の、吊目気味の目にエキゾチックなブルネット。そして厚い唇が色っぽい女性だった。

「ああ、いや、なんでもないんだシャ、シャーロット」

慌てた様子のヒューバートは、その美女に対してシャーロットと呼びかけた。

「いやだあなたったら。二人の時はシャロンって呼んでくださいな。昔のように」

そう言ってシャロンは、シャーロットに向けてとても艶やかに笑った。

彼女は気付いていたのだ。

夫の元妻の存在に。

気付けば、シャーロットは走り出していた。

荷物を両手に抱えたまま、前も見ないので色々な人にぶつかりながら。

(今はあの人がシャ、ー、ロ、ッ、トなのね。もう街に、私の居場所なんてないんだわ)

その感情は、とても言葉では言い現せない。

胸を掻《か》き毟《むし》りたくなるような気持ちだった。

悲しくて寂しくて苦しくて悔しくて。

なにもかもがごちゃ混ぜになった、汚くて醜《みにく》くて淀《よど》んだ気持ちだ。

初めて薬草リキュールを飲んだ時のように、苦みが強くてツンと沁《し》みた。

荷物抱えてとぼとぼと街道を歩きながら、シャーロットは今度から街に出る時は顔を隠すようにしようと、そう心に決めていた。

＊＊＊

それからあっという間に、二年の月日が流れた。

顔はまだあどけなさを残すシャーロットも、十九歳だ。

ラクスは三歳。

しかし彼の見た目は、森で暮らし始めた頃とさほど変わってはいない。

どれだけ話しかけても「ギャー」としか言わないし、変わったところと言えばネズミなどの小動物ではなくシカやイノシシを捕まえてくるようになったことだろうか。

生肉は食べられないシャーロットだが、少しお裾《すそ》分《わ》けをもらってシチューを作ったりもする。

あまり人の近寄らない北の森だったが、不思議なことに今まで危険を感じたことは一度もない。

森の中の生活は、シャーロットの性《しょう》に合っていた。

元々、働くのが当たり前だと教えられる一風変わった貴族の出身だ。

長兄であるセドリックや姉のヘレナが結婚し、次兄であるアーサーが騎士になるため王都へ上ると、弟妹の面倒を見るのは全てシャーロットの役目になった。

特に末の双子は、赤ちゃんの頃からお風呂に入れておしめも代えてあげた仲だ。

今頃どうしてるだろうかと、シャーロットは物思いに耽《ふけ》る。

「ギャーア?」

そんな時、ラクスが必ず傍《そば》に来て、シャーロットを慰めてくれた。

言葉こそ通じないけれど、ラクスはシャーロットの感情に敏感だ。

シャーロットが笑うと飛び回って喜ぶし、彼女が悲しむと心配そうにくっついて離れない。

（この子はやっぱり私の子だわ。なんて優しい子）

シャーロットは手を伸ばすと、ラクスの頭をくりくりと撫でてあげた。

ラクスも楽しげに摺《す》り寄ってくるので、しばらくは彼が満足するまで身体中を撫でてやる。

そうしているうちに、ラクスは板に毛皮を敷いたベッドで丸くなった。

シャーロットは立ちあがり、街に行く準備を始めた。

黒いローブのフードを目深《まぶか》に被《かぶ》り、今日もシャーロットは街へ出かけていく。

この二年間で、街の人は彼女のことを『北の森の魔女』と呼ぶようになった。いつも黒いローブ姿で頑《かたく》なに顔を見せないが、彼女が持ってくる薬草は質が高いと有名だったからだ。

しかし彼女を真似て北の森に入ろうとした者は皆、そのまま消息を絶っていた。

『北の森を無事に出入りできるのは彼女だけ』

いつしかそんな奇妙な噂まで立っていた。


「はいよ。今回もいい品だ」

そう言って、薬草売りの店主は魔女に代金を支払った。

北の森の魔女の薬草は、今では国中の人間が欲しがる高級品だ。

中でもこの薬草売りは、シャーロットから初めて薬草を買ってくれた恩人だ。

なのでシャーロットは、薬草を売る時はいつもここと決めている。

「ええと、それから……」

黒のローブが俯《うつむ》いたままぼそぼそと口を開いた。

隻眼《せきがん》の厳《いか》めしい巨漢の店主は、おや？　と眉を上げる。

北の森の魔女は、滅多に喋らないことで有名だ。

そしてその声は、彼が想像していたよりもずっと高く清んでいた。

——こりゃ、魔女は意外に若いのかもしんねえな。

北の森の魔女のことを、街の人々はなんとなく老婆だと思い込んでいた。

頑なに顔を見せないのは、その老いさらばえた顔を見られたくないからだ、と。

最近では言うことを利《き》かない子供に、『北の森の魔女が攫《さら》いにくるぞ！』と言って躾《しつ》けることすらあった。

つまり北の森の魔女は、街の人々にとってそういう存在なのだ。

ガサリと、魔女は籠《かご》の中から布に入った包みを取り出した。

「……これを売ることはできるかしら？」

その声は、弱々しく震えていた。

店主が包みを開けると、そこには薄緑色のクッキーが沢山入っていた。

クッキーはきつね色！　そう認識していた彼にとって、それは初めて見るものだった。

「へえ……一つ味見してても？」

「ええ」

許可をとり、そのクッキーを一つ口に入れる。

それはほろ苦く、彼の口の中で溶けた。

「うん、不味《まず》くはないが、この苦みはなんだい？」

黒のちょび髭《ひげ》をもぐもぐと揺らしながら尋ねると、魔女は自信なさ気に肩を震わせた。

「ローズマリーよ。薬を嫌がる子供に、食べさせたらどうかと思って……」

確かに、苦い薬草を嫌がる子供は多い。

これならば、多少の苦みはあるとはいえ喜んで食べるだろう。

ローズマリーは主に頭痛に効く薬草として有名だ。

「こりゃあいい！　知り合いの菓子屋にも話をつけとくよ。ぜひ扱わせてくれ」

店主が手を叩いて喜ぶと、魔女もほっとしたようにその肩から力を抜いた。

彼女がその怪しげな風貌《ふうぼう》に反《はん》して街の人に疎《うと》まれていないのは、こうして顔を隠していても感情が如実《にょじつ》に伝わるからだった。

「よかった。あとは飴玉《あめだま》も、ミントとカモミールを入れれば、喉がすっとするでしょう？」

「じゃあそれもだ！　次はぜひ作ってきてくれよ。子供達は大喜びだ」

そうして、魔女は喜び勇《いさ》んで帰っていった。

なんせ重いローブでスキップしたものだから、帰りに壁にぶつかってしばらく痛みを堪えていたほどだ。

——あの人はちっとも魔女なんて恐ろしいもんじゃねえよな。

店主はそんなことを考えながら、彼女の運んできた薬草をそれぞれの売り場に振り分けた。

＊＊＊

シャーロットの心ははずんでいた。

試しに作った薬草入りのクッキーを、薬草売りが喜んで引き取ってくれたからだ。

結局、シャーロットの作ったお菓子を、ラクスは食べなかった。

悲しそうな顔をする彼女にラクスも申し訳なさそうに尻尾を振ったが、それでも彼はお菓子を食べなかった。

食べられないなら仕方ないとお菓子作りを諦《あきら》めていたシャーロットだったが、ある時唐突に思いついたのだ。

（街の子供達が薬草を嫌がらないように、お菓子に混ぜてはどうかしら？）

薬草はそのままだと苦いものが多い。

乾燥させて細かくして水で飲むのが普通だが、そのガサガサとした食感を嫌がる子供は多かった。

シャーロットの実家の末の双子もそうだ。

その時の経験から、薬草を混ぜたお菓子があれば子供も嬉しいし、その親だって嬉しいはずだと思いついた。

そうして出来上がったのが、薬草入りクッキーだ。

少し苦いが、はちみつを入れたのでほんのり甘い。

何度も分量を変えて試作を繰り返し、ようやく納得できる物ができたので今日薬草売りのところに持っていったのだ。

嫌がられるかと思ったら、薬草売りの店主も喜んでクッキーを買い取ってくれた。

シャーロットは嬉しくなって、誰にも見られないよう森に入ってから少しだけスキップをした。

邪魔なローブは脱いでしまう。

木漏《こも》れ日が眩《まぶ》しい。木々を揺らす風が心地いい。

彼女は思わず鼻歌を歌い出していた。

揺れる空《から》のバスケットからは、シャラシャラと薬草売りから受け取った代金が音を立てた。

(帰ったらラクスとお祝いしましょう)

そうして彼女は、森の奥深くにある小屋まで戻った。

彼女は知らない。

そんな上機嫌の彼女の後を、追う人間がいたことを。

追跡者は、ローブを外した魔女の姿に息を呑んだ。

そして森の奥に進むシャーロットに気付かれぬよう、息を殺してその後を追った。

「ただいまラクス!」

喜びを弾けさせながら山小屋に飛び込むと、大人しくシャーロットの帰りを待っていたラクスが飛びついてきた。

シャーロットは部屋の中を見回してラクスが散らかした形跡がないことを知ると、その頭から背中から羽根からおしりから全部を撫でてやった。

言葉が通じないからといって、甘やかすだけではダメ。

それがシャーロットの教育方針だ。

だから彼女は、ラクスがきちんとできた時には惜しみなく褒《ほ》めて、なにかいけないことをした時には遠慮なく怒鳴る。

ラクスは賢い子供なので、二歳を超えた頃から悪いことなんてほとんどしなくなった。

ただ時折《ときおり》、捕獲したネズミを玄関先に並べて置いたりするので、そういう時はシャーロットもきちんと怒る。

――食べもしないのに、いたずらで命を奪ってはいけません！

ラクスの教育方針は他の竜のそれとは大分《だいぶ》異なっているのだ。

さて、そんなこんなでお互いに夢中の一人と一匹は、小屋に近づく人の気配に微塵《みじん》も気付いてはいなかった。

だから突然激しくドアが開いて、転がり込んできた人影に心底驚いてしまったのだ。

「ギャア⁉」

「きゃ！」

二人は抱き合ったままで固まってしまった。

ラクスの冷たいお腹が、シャーロットの頬にぴたりとくっつく。

「ったあ……」

文字通り転がり込んできたその人物は、山小屋の床に這《は》いつくばって痛みを堪えていた。

どうやらどこかに膝《ひざ》をぶつけてしまったらしい。

「やだ、ちょっと大丈夫？」

シャーロットは慌ててその人物に駆け寄る。

しかし怪我の様子を見ようと覗き込むと、驚いたことに短いナイフを突きつけられてしまった。

「ギャアァァァ！」

ラクスが怒って、相手に飛び掛かろうとする。

シャーロットはそれを必死で止めた。

「やめてラクス！　相手は子供なのよ⁉」

そう、彼らの小さな家に殴り込みをかけたのは、まだ年端《としは》もいかない柔らかな頬の少年だった。

彼の擦《す》り剝《む》けた膝小僧を手当てしてやりながら、シャーロットは彼がどうしてこんなことをしたのかと尋ねた。

裕福な商人の子供だろうか？

随分と身なりがいい。

革でできた編み上げブーツに、うっとりするような紺のチュニックには繊細《せんさい》な金糸《きんし》の刺繡《ししゅう》が施《ほどこ》されている。

髪の色は鮮やかな金。蜂蜜をそのまま固めたような琥珀《こはく》色の瞳。そして将来はさぞと思わせる華やかな顔立ちをしている。

初めは貝のように口を閉じていた少年も、消毒で一度涙目になり、そこから泣かなかったご褒美にクッキーをあげたら、ようやく緊張が解けた。

ちなみにこれはハーブ入りじゃない、普通の甘いだけのクッキーだ。

「北の森に魔女がいるって聞いたんだ」

向かい合ってテーブルに着くと、彼はシャーロットの表情を窺《うかが》いながら言った。

その視線はどんどん下に降りて、シャーロットの膝に座るラクスをまじまじと見つめる。

自分が魔女と呼ばれているなんて夢にも思わないシャーロットは、首を傾げた。

「この森に暮らして三年ぐらいになるけど、魔女を見たことなんて一度もないわ」

すると、少年は悲しげに眉をひそめる。

「本当？」

「ええ」

シャーロットが笑顔で請け負うと、少年はますます残念そうに肩を落とした。

てっきり魔女がいなくて安心するだろうと思っていたので、シャーロットはその反応に戸惑ってしまった。

「どうして？　魔女がいなくちゃいけない事情でもあるの？」

少年の顔を覗き込んで尋ねると、彼は躊躇《ためら》いがちに話し始めた。

「あのね、僕のお母様がね、重い病にかかっているんだ。街のどんなお医者様にも治すのは無理で、それでメイドが、北の森の魔女ならどうにかできるかもしれないって言うから……」

「そうだったの」

俯いて涙を堪える少年の頭を、シャーロットはよしよしと撫でてやった。

シャーロットはこの勇敢な少年の願いを、どうにか叶えてやりたいと考えた。

(けれど私には特別な知識はないし、北の森の魔女だってどこにいるのかわからない……)

シャーロットは頭を悩ませる。

薬草を使った簡単な手当てぐらいならシャーロットにもできるが、街中の名医が匙を投げた患者を彼女がどうにかできるはずもない。

二人で暗い顔をしていると、突然ラクスがシャーロットの腕から飛び出した。

そしてバクリと、なんと自分の手に噛みついたではないか！

「やめてラクス！　どうしてそんなことするの⁉」

シャーロットが手を引っ張っても、ラクスは決して止めなかった。

そしてようやく口を離した時には、彼のつるりとした手に牙の痕と血が浮かんでいた。

「なんてひどい……」

シャーロットは泣きたくなった。

今までラクスの気持ちはなんでもわかると思っていただけに、突然息子がとった理解不能な行動がショックだったのだ。

ラクスはシャーロットを気にしつつ、傷ついたその手を少年に差し出した。

「え……？」

「ギュア！」

傷から染みだした赤い血が、ぽたりと少年の膝に滴り落ちる。

すると驚いたことに、擦り剥いた彼の傷がみるみる治ってしまったのだ。

ラクスは自慢げに、四枚の羽根でぱたぱたと部屋の中を飛び回っている。

「まさかラクスの血には、人の傷を癒《い》やす効果があるの……？」

半信半疑ながらも、シャーロットはラクスの血を小瓶に落とし、それを少年に持たせた。

彼の母親の病は、これで治るかもしれないし治らないかもしれない。

それは誰にもわからなかったが、シャーロットはせめても神に祈りを捧げた。

（神様。こんなに素晴らしい息子さんから、お母様を奪わないであげてください。ちょっぴり思い込みは激しいけれど、母親のために一人で森の奥までやってきた、勇気のあるいい子なんです）

「母様の病が癒えたら、絶対お礼に来るから！　絶対にまた来るから!!」

遠ざかる小柄な少年の背に、シャーロットとラクスはいつまでも手を振っていた。

第三話◆国王からの使者

それから更に、半年が経ったある日のこと。

シャーロットは街からの帰り道、森の入り口で立ち往生《おうじょう》している一団に出会った。

その時、彼女はとても機嫌がよかった。

街に卸《おろ》している薬草クッキーや薬草キャンディーの売り上げが好調だと、薬草売りに教えてもらったからだ。

そのため早速、家に帰って増産しなくてはと、帰路を急いでいる最中でもあった。

しかしその一団は、とても困っているように見えた。

黒いローブを被ったまま、シャーロットはつい足を止めてしまう。

彼女は基本お人好《ひとよ》しなのだ。

「あの、どうかなさいましたか？」

黒いロープ姿の女の登場に、一団はぎょっとしていた。

シャーロットは決して顔を見られないよう俯きながら、その一団の身なりを観察する。

なにかリボンのついた巻物を持った恰幅《かっぷく》のいい壮年《そうねん》の男性と、鎧《よろい》をまとった幾人かの騎士。

騎士達はシャーロットから男性を護《まも》るように、油断なくこちらを注視している。

どうやら彼は高い身分にあるらしく、鼻の下には立派な髭《ひげ》を蓄えていた。

中には剣の柄《つか》を握っている者までいるではないか！

（やっぱり、声をかけるべきじゃなかった。ご迷惑だったのかも）

「ごめんなさい。余計なお世話でしたね……」

しょんぼりと肩を落としながら、シャーロットは森に入ろうとした。

偶《たま》に会う薬草売りしか話す相手のいない日々を過ごしていたので、人との会話に飢えていたのだ。

彼女はそんな自分を浅ましいと思い、その場から逃げ出したくなった。

「ああ、ちょっとお待ちを！」

壮年の男性が、太鼓腹を揺らしながらシャーロットに駆け寄ってくる。

騎士達が慌ててそれに続いた。

「失礼ですが、貴女様が北の森の魔女でいらっしゃいますか？　私はこういう者です」

そうして彼が示したのは、胸に付けられた星の形のピンバッジだった。

キラキラと金色に光るそれは、国王からの使者の証《あかし》だ。

「まあ、これはこれは……」

シャーロットは慌ててその場に跪《ひざまず》こうとした。

しかしそこにあった木の根に足を取られ、転びそうになる。

天と地が回転し、彼女は衝撃を覚悟して目を閉じた。

しかしいつまでたっても、痛みも衝撃もやってこない。

「あら？」

目を開けると、そこにいたのは騎士のうちの一人だった。

日に透《す》けるプラチナブロンドと、ワイン色の瞳。白皙《はくせき》の美貌は研《と》ぎ澄《す》まされ、その鋭い眼光に
シャーロットは思わず腰が抜けそうになった。

「あ、ああ……ごめんなさい。助けていただいてありがとう」

彼女は自分が騎士に抱えられていることに気付き、慌てて立ちあがり服の埃を払った。

元々恋愛経験もなく嫁いで、そのまま愛されもせず放逐《ほうちく》された身だ。十九という花盛りの時期に
あって、シャーロットは家族以外の男性というものに親しみがなかった。

「いや。こちらこそ驚かせて申し訳ない」

騎士は慇懃《いんぎん》無礼《ぶれい》に言うと、用は済んだとばかりに使者の後ろに戻った。

「はは、驚かせて申し訳ない。それで、貴女様は北の森の魔女さまで？」

使者に尋ねられ、シャーロットは困ってしまった。

（また北の森の魔女のお客さまだわ。でも申し訳ないけれど、そんな方にお会いしたことはないし）

彼女は未だに、自分が街の人間から『北の森の魔女』と呼ばれているなんて、露《つゆ》ほども思ってい
なかったのだ。

彼女が懇意《こんい》にしている薬草売りの看板には大きく、『北の森の魔女のお菓子あります！』と書か
れていたというのに。

「残念ですけれど、そういった方は存じあげませんわ。お役にたてなくて申し訳ありません」

シャーロットがひどく悲しそうに言うので、使者も騎士達もなにも言えなくなってしまった。

『貴女がそうなんじゃないんですか？』

彼らの胸には同じような疑問が浮かんでいたが、目の前の可憐《かれん》な少女が嘘をついているようにも思えない。

そう、可憐な。

緩く波打つキャラメルブラウンの髪に、優し気な淡いブルーの瞳。

ローブの下から現れた少女に、若い騎士達は言葉をなくした。

気を取り直したように、使者が言う。

「そうですか。ところで、近くにお住まいですかな？　随分とお若いようにお見受けしますが」

使者の言葉に頷きそうになって、シャーロットはぎくりとした。

気付けば、フードが取れて顔が露わになっているではないか！

フードなしで人と喋るのは半年前に現れた少年以来だったので、シャーロットはそのミルク色の肌を真っ赤に染めた。

「あ……この森の小屋に住んでいます。シャーロットと申します」

彼女は敢《あ》えて、家名は名乗らなかった。

自分が末端とはいえ貴族の娘だとわかれば、実家にどんな迷惑がかかるかわからなかったからだ。

しかし粗末なドレスで優雅な礼をしてみせたシャーロットを、使者は見逃さなかった。

「失礼ですが、ご一緒してもよろしいでしょうか？　先ほどから森に入れなくて困っていたのです」

父親のような年の男性が困ったように言うので、シャーロットはつい彼らに同情してしまった。

（でも、入れなかったってどういうことかしら？　道こそないけれど、この森はそれほど危険なところじゃないわ）

内心で首を傾げつつ、シャーロットは笑顔で請け負う。

「ええ。よかったら皆さん、うちでお茶でも飲んでいってくださいな」

そうしてシャーロットは、国王からの使者とその護衛を引き連れて、ラクスの待つ家に帰ることになったのだった。

「ただいま〜。ラクスいるのー？」

玄関を開けて声をかけるとすぐに飛び出してくるはずのラクスが、その日は姿を見せなかった。

（湖にでも遊びにいったのかしら？）

シャーロットはさして気にも留《と》めず、同行者達を家に招き入れる。

「さあどうぞ。狭い家ですが……」

確かに、元は朽《く》ちかけた山小屋だ。決して広くはない。

しかし綺麗に掃除されていて、花瓶には愛らしい白い花が活《い》けられていた。

乾燥した薬草の匂いが漂い、不思議と誰もが安らいでしまうような家だ。

玄関からおそるおそる中を覗いていた男達が、注意深く家に入ってくる。

木のテーブルは四人掛けだが、そこに腰かけたのは使者とシャーロットだけだ。例のシャーロットを助けてくれた騎士は使者の後ろに立ち、残りの三人は外で見張りをするという。

シャーロットは遠慮せず全員どうぞと言ったのだが、職務の途中だからと固辞されてしまった。

「それで、シャーロット殿はどうしてこのようなところに？」

国王からの使者が、興味深げに尋ねる。

薬草茶を一口、口に含んで、シャーロットは困ったように微笑んだ。

「少し事情がありまして……」

「しかしこんなところにお住まいになっていては、ご家族はさぞご心配なさっているでしょう？」

シャーロットは、結婚式の日以来会えていない家族を思い出した。

仲睦《なかむつ》まじい両親と、頼りがいのある二人の兄。優しい姉。意地悪な弟と愛らしい末の双子。

家族を思い出すと、シャーロットの胸にふっと冷たい風が吹き抜ける。

それは寂しさと後悔だ。

彼女はいつも、掌《てのひら》をぎゅっと握りしめてその風に耐えている。

「初めにラクスさんとおっしゃっていましたが、同居人の方ですか？」

「え？　ええ。可愛い一人息子です」

考え事をしていたシャーロットは、慌てて意識を目の前の人に戻した。

癖なのかちょび髭を何度も撫でつけ、使者は身を乗り出すように言葉を重ねる。

「失礼ですが、その息子さんはその、人間ですか？　まさか……竜なのでは？」

その言葉に、シャーロットは唖然としてしまった。

彼は突然なにを言い出すのだろうか？　なんの根拠があってそんな疑いを？

シャーロットの暮らす世界で、竜という存在は特殊な位置にいる。

見たことのある人間はほとんどいない、伝説の中の生き物だ。吟遊《ぎんゆう》詩人の語る物語の中でしか、シャーロットも竜のことを知らない。

その血はどんな傷や病もを癒やし、その鳴き声は山を二つ越えた先まで届く。きらめく鱗の一枚一枚には魔力が宿っており、一枚手にするだけで人すら空を飛ぶという。

時折、名のある冒険者が竜を倒したという噂を耳にするが、市場に流通する竜の鱗や血のほとんどが偽物《にせもの》だ。

見た目は巨大なトカゲだというが、それだって真実かどうか。

（お伽話《とぎばなし》だわ）

シャーロットは腹立たしい気持ちになった。

確かにラクスは普通の人の形はしていない。

生まれて三年も経つのに一向に言葉は憶えないし、髪の毛も眉毛も生えてこない。

けれど誰かを傷つけたりなんて決してしないし、シャーロットの言葉をきちんと聞き分けるとてもいい子だ。

それにそのつるりとした肌には、鱗なんて一枚もない。

むくむくと、彼女の喉元に熱い感情が沸き起こってきた。

「私の息子は、そんなわけのわからないものなんかじゃないです！」

躾の時は声を荒げても、普段はのほほんと笑ってばかりいる彼女だ。

突然肩を怒《いか》らせて立ちあがったシャーロットの迫力に、使者はでっぷりとした腹をのけぞらせた。

彼の後ろに立つ騎士が、葡萄《ぶどう》色の目を尖《とが》らせ剣の柄に手をかける。

けれどシャーロットには、ここで引けない理由があった。

なんせ、可愛い息子の名誉がかかっているのだから。

「あなた方は北の森の魔女を探しにいらっしゃったのでしょうけれど、ここにそんな人はいません！　息子だって私がお腹を痛めて産んだ子です。そんな風に言うのなら帰ってください！」

「しかし……」

「いいから帰って!!」

涙目になって、シャーロットは訴えた。

身体がぶるぶると震える。

剣を持つ人間に怒鳴りつけるなんて、本当は怖くて仕方ないのだ。

けれど言わずにはいられなかった。

それほどまでに、彼女は自分の息子を愛していたから。

シャーロットの剣幕に、驚いた使者はすごすごと家を出た。二人の騎士もそれに倣《なら》う。

しかし家を出る直前、ワイン色の目をした騎士がくるりと振り向いた。

シャーロットはびくりと震えたが、彼は決して剣を振りあげたりはしなかった。

ただ勢いよく頭を下げ、彼女に対して謝罪の意を示したのだった。

「大変申し訳ないことをした。お茶までご馳走《ちそう》していただいたのに……」

彼の言葉に、シャーロットははっと我に返った。

自ら招き入れたのに、つい叩きだすような真似をしてしまった。

いくら息子を悪く言われたとはいえ、淑女のしていいことではない。

なんせ、彼らは国王の使者なのだから。

どうしようかと戸惑っていると、不意に騎士が表情を和《やわ》らげた。

「貴女の息子は幸せ者だ。貴女のような母親を持って」

そう言って一礼し、騎士は家を出ていった。

シャーロットの頬は、まるで熱病にでも罹《かか》ったように真っ赤になった。

彼女は身動きもできないまま、男達の足音が遠ざかるまで、ぼうっとその場に立ち尽くしていた。

それからしばらくして。

シャーロットは一人でいることが苦痛になり、ラクスを探すため家を出た。

久しぶりの大人数との接触は、思った以上に彼女を消耗させていた。

早くラクスに会ってその冷たい身体を抱きしめたいと、シャーロットは心の底から思っていた。

歩いてすぐそこの湖の周りを、ゆっくりと歩く。

いつも白い霧で覆われた湖は、静かだった。

シャーロットは何度も深呼吸をして、気持ちを落ち着かせようとする。

そして冷えた頭で、先ほどまで家にいた客人について、改めて考えを巡《めぐ》らせた。

王からの使者だということは、おそらく間違いないだろう。

身なりもきちんとしていたし、あの星のバッジは、複製が見つかれば最悪反逆罪を課せられるほど貴重《きちょう》なものだ。

王の使者は、即《すなわ》ち王命の代弁者。

彼らは世界各地へ旅立ち、王国の隅々《すみずみ》にまで国王の威光《いこう》を届ける。

過去に幾人もそれを騙《かた》る犯罪者が現れたが、そのいずれもが捕縛《ほばく》され断頭台の露と消えた。

『使者を騙るほど、割に合わない商売はない』

天下の極悪人として名高いヘンリー・ボニーですら、そう言って憚《はばか》らなかったそうだ。

（それに、あの物々しく剣を携《たずさ》えた騎士達）

彼らの存在そのものが、あの使者を本物足らしめる最大の要素だと言っても過言ではない。

『王国の剣』を自認する騎士団は、格式が高く、貴族子息の入団しか認めていない。

実際、シャーロットの二番目の兄とすぐ下の弟も、その中に名を連ねていた。

彼女の家では、それは名誉のためではなく食い扶持《ぶち》を稼ぐための大事な手段だったわけだが。

とにかく、この騎士達はそれぞれがどこか貴族の家の出身だということになる。

シャーロットは、実家の家名を名乗らなくてよかったと心の底から思った。

もし名乗っていれば、兄や弟に迷惑がかかったかもしれない。

（それにしても、彼らは北の森の魔女に、一体どんな用事だったのかしら？）

北の森の魔女という人物を彼女は知らないが、国王の使者がわざわざ出向くところを見ると、よほど重要な人物であるらしい。

名前からして怪しげな魔法を操《あやつ》る老婆を想像したシャーロットだったが、彼女はこの森に住む自分以外の人間を知らなかった。

彼女の息子は――人とは少し違う。

そばにいる彼女自身が一番そのことをわかっていたが、だからといって竜なのではないかと言われるのは心外だった。

吟遊詩人の語る竜は、気まぐれな生き物だ。

人を助けることもあれば、躊躇なく食い殺すことだってある。

しかも数ある英雄譚《たん》の中には、竜を殺してその血を浴びることによって、不老不死になった男の話まであるのだ。

偽物だろうが、高値で取引されるその鱗。

研究のため、竜を欲しがる魔法使い達。

そしてその依頼で、大陸全土まで冒険に繰り出す冒険者達。

(もし、ラクスが本当に竜だったら?)

シャーロットはついその可能性を考えてしまった。

人ではない身体を持つラクス。いつまでたっても人らしい言葉を喋らないラクス。

シャーロットは、そんな彼を深く愛していた。

愛しているからこそ、彼女に不安が襲い掛かる。

もし彼が本当に竜と呼ばれる種族で、更にそれが国の人達に知られてしまったら。

森はおそらく、ラクスを狙う冒険者によって埋め尽くされることだろう。

そうなれば、自分ではとても守り切れない。

ラクスだって、シカを倒せるとはいっても所詮その程度。

あまり長い時間は飛んでいられないし、まだまだシャーロットにひっつきたがる甘えん坊だ。

（森を離れて、もっと王都から遠く離れたところで暮らすべき？）

彼女は迷った。

考えれば考えるほど、国王の使者は魔女ではなく、竜を求めて森にやってきたように思われた。

姿を知らないはずのラクスを竜ではないかと言ってきたということは、彼らはラクスが普通の人ではないと既に知っていたということだ。

（でも……どうして……？）

シャーロットが頭を抱えていると、突然激しい風が吹き、小屋が揺れた。

何事かと慌てて外に飛び出ると、湖の霧が晴れている。

そして遠く対岸にある森の茂みから、ラクスの声が聞こえた。

「ギャ――――！」

それはまるで、悲鳴のようだった。

シャーロットが慌てて駆け付けると、そこには先ほどの騎士達がいて、ラクスを捕らえようとしているではないか。

彼女の頭が真っ白になる。

「なにをしているんですか⁉」

ラクスを包囲する騎士の中に飛び込み、彼を抱きしめた。

かなり興奮しているのか、ラクスはじたばたともがく。

その身体に小さな切り傷が付いているのを見つけ、シャーロットは泣きたくなった。

(こんな人達を、森に招き入れるんじゃなかった！　ラクスごめん、ごめんね……)

ひっかかれるのも厭《いと》わず抱きしめ続けると、ラクスはやがて落ち着きを取り戻した。

そしてシャーロットの頬に自分が付けた引っ掻き傷を見つけ、尖った舌でそれを舐めてくれる。

こんなに優しい子だ。

やはりどんな姿をしていようと、ラクスがシャーロットの息子であることに代わりはない。

シャーロットはしっかりとラクスを抱きしめて、周りに立ち竦《すく》む騎士の一団を見据えた。

「この子になにをしたんですか！」

シャーロットが叫ぶ。

突然晴れた霧とその声に、騎士達は驚いたようだった。

すぐそばでは国王の使者が、眉を寄せて髭をいじっている。

「シャーロットさん。これは国王陛下のご命令なのですよ。北の森の魔女が飼っている、竜の子供を連れてくるようにと――」

その言葉に、シャーロットの目の前は真っ赤に染まった。

「なにを言っているんですか⁉　ラクスは私の子です。私は北の森の魔女ではないし、ましてや飼ってるわけじゃない！　息子と一緒に暮らすのが、そんなにいけないことですか⁉」

彼女の目尻には、今にも零れそうな涙が溜まっていた。

騎士道を重んじる騎士達は、戦意を削がれ困ったようにことの成り行きを見守っている。

「貴女がその生き物を息子だと言うのなら、それは否定しません。しかしですね、私達の目から見ればそれは竜の子だ。国として、竜の子供を野放しにすることはできないんです」

困り果てたというように、使者が言う。

彼はそのコミカルな外見に反して、理知的な人物だった。

たとえ人と動物でも、種族を越えて家族のように暮らす例は少なくない。

彼自身、己《おのれ》の愛馬のことを家族同様に可愛がっていた。

その愛馬を取りあげられる日が来たら、きっと彼女と同じように声を荒げて抵抗することだろう。

しかしそれは彼の個人的な感情に過ぎず、それと目の前の親子を見逃すというのはまた別の問題だった。今はまだ人畜無害に見える子供でも、大きくなれば人を襲う竜になるかもしれない。

そうなってから捕まえようとしても、手遅れなのだ。

「この国に暮らしている以上、国王の命令を無視して生きることなどできないのです。それはおわかりでしょう？」

ゆっくりと語りかけるような使者の言葉に、シャーロットは唇を噛んだ。

悔しいが、彼の言うとおりだった。

国に住む以上、国王の命令には逆らえない。

ましてやシャーロットは貴族の子供で、幼い頃から国王への忠誠を厳しく躾けられている。

それにたとえこの場は逃げられても、次はもっと沢山の騎士が来て、最終的には無理矢理ラクスと引き離されてしまうだろう。

（でもだからって、ラクスを彼らに渡すだなんて……）

腕の中の息子を、シャーロットはじっと見つめた。

ラクスはなにが起きたかわからないと言うように、不思議そうな顔で母親を見上げている。

涙を浮かべるシャーロットを心配して、ふわりと身体を浮かせてその涙を舐めとってくれた。

「ありがとう、優しい子ね……」

もう一度しっかりと抱きしめると、ラクスは嬉しそうに頬擦りしてきた。

人のものとは違うひんやりとした感触が、今は少し悲しい。

「貴女が反発を感じるのは最もだが、今はどうか堪えてくれ。決して彼を――ラクスを危険な目に遭《あ》わせたりはしない。私が責任を持って彼を守る」

進み出たのは、例の銀髪の騎士だった。

彼は二人を傷つけないという意志表示なのか、手にしていた剣を草の上にそっと倒す。

シャーロットは黙って、自分より頭二つ分は大きな相手を見上げた。

「私は騎士団長を拝命している、ジェラルド・ハンセンと言う。どうか我々を信じて、息子さんの身柄を預けてほしい」

ジェラルドと名乗るその男性の顔は、言葉に反してとても鋭く険しいものだった。

確かに貴族らしい優美な顔をしているのだが、顰《ひそ》められた眉と鋭い眼光は相手を怯《おび》えさせるのに十分な威力を持っている。

シャーロットは知らなかったが、彼は仲間内で『泣く子がもっと泣くジェラルド』とあだ名され、仏頂面《ぶっちょうづら》の上、性格もとにかくお堅いことで有名だった。

シャーロットは迷った末、息子を幸せ者だと言ってくれた彼を信じることにした。

「わかりました……」

ラクスを抱きしめたまま、彼女は言う。

「わかってくださいましたか？」

落とされた問いかけに、シャーロットはコクリと頷き、そして前を見た。

「なら、私もこの子と一緒に城に行きます」

「え？」

「いやしかし……」

騎士達の間から、呆気《あっけ》にとられたような声が飛び交う。

しばらく沈黙が続き、シャーロットはジェラルドと真《ま》っ向《こう》から睨み合った。

ジェラルドは怒っていたわけではなく、ただ戸惑っていただけなのだが。

結局、国王の使者がその間に割って入り、二人を取り成した
「わかりました。では一緒に城へ。国王と接見できるよう、私が取り成しますので」

やれやれ。

母は強しというが――。

内心で汗を掻きながら、これから一体どうなるのかと使者は頭を抱えたくなった。

＊＊＊

一行《いっこう》は人目に付かないよう、裏門から城に入場した。

シャーロットは黒いフードを目深に被り、そのローブの中でぎゅっとラクスを抱きしめている。

（たとえなにがあっても、この子は私が守らなくちゃ！）

その気持ちは、ラクスがたとえ何者だろうと変わったりはしない。

もちろん。どうして自分から竜が生まれたのだろうとか、疑問はたくさんある。

それでも、それがなんだというのだ。

もう三年も、親子として暮らしてきた。

だから種族が違ったとしても、今更それでシャーロットの気持ちが離れてしまうことなんてない。

しかしそんな彼女の気持ちとは裏腹に、城で働く人々はその集団を恐々と遠巻きにしていた。

なにせ見るからに不審な格好で、多数の騎士に連行されるなどただごとではない。

ついに北の森の魔女が捕まったという噂が、城内を駆け巡った。

すわ、処刑か幽閉《ゆうへい》かと、口さがない人々が噂する。

囁き漏れるそれらの声に、シャーロットは耳を貸さなかった。

（だって、なにも悪いことなんてしてないもの。罰《ばっ》せられる理由がないわ。もしそれでも陛下が処分なさると言うのなら、この国はそれまでの国だということ。それに私は無理でも、ラクスなら飛んで逃げられる！）

最悪、自分をおとりにしてでもラクスを逃がそうと、彼女は心に決めていた。

無理を言って城についてきたのも、そのためだ。

たとえそれで命を落としたとしても、悔《く》いはない。

長い沈黙の回廊《かいろう》を経て、シャーロット達は玉座《ぎょくざ》のある本館に入った。貧乏のせいで社交界にデビューもしていなかった彼女が、城に中に入ったのはこれが初めてのことだった。

（広くて、なんて綺麗なんだろう）

荘厳《そうごん》なモザイク画や細部にまで施された彫刻に、シャーロットは思わずため息をついた。

こんな時でなければ、きっと素直にはしゃぐことができただろう。

間もなく通されたのは、謁見《えっけん》を待つ控えの間だ。

そこには幾人かの貴族や外交官が、己の順番を待っていた。

彼らはシャーロットとそれを取り囲む騎士達に驚き、決して近寄ろうとはしなかった。

国王の使者が侍従になにか耳打ちしている。

竜を連れてきた。とでも言っているのかもしれない。

シャーロットはラクスを抱きしめる腕に、ぎゅっと力を込めた。

国王の逆鱗《げきりん》に触れるということは、規律に従って生きてきた彼女にとってひどく恐ろしいことだ。

ひどく心細い気持ちになって、足が震える。

しかしそんな彼女の様子に気付いたのか、ぽんと肩に手が置かれた。

振り返ってみると、そこにいたのはジェラルドだった。

「怯《おび》えることはない。なにがあっても、君達の安全は私が守る」

小声で囁《ささや》かれた言葉に、シャーロットはぎこちなく微笑んだ。

その顔はローブに隠れてジェラルドからは見えなかったが。

（たとえその約束が果たされなかったとしても、私はあなたを恨んだりはしないわ）

そう答えようとして、彼女は口を噤んだ。

騎士が国王の命令に逆らえるはずがない。たとえそれが、国王からの信任厚い騎士団長だったとしても。けれどそう言ってくれる彼の優しさが、シャーロットには嬉しかった。

やがて重い扉が内側から開かれ、そこから老齢の男性が出てきた。

彼は背筋をぴっしりと伸ばし、迷わずシャーロットに向けて声をかける。

「そこの者、入れ！」

どうやら、国王は他の順番を飛ばしてまで、竜の子の処置を先にしたいらしい。

硬くなる身体を自覚しながら、シャーロットは命令に従った。

玉座の間は、国の偉容を示すもの。

吹き抜けになった大広間は、先ほどまで見てきた細工など比較にならないほど荘厳で豪奢《ごうしゃ》だった。

真っ直ぐに引かれた赤い絨毯《じゅうたん》は、足が吸い込まれてしまいそうなほど柔らかだ。

できるだけゆっくりと進み、玉座の前でシャーロットは膝を折った。

ラクスは不安そうに、その背中に隠れている。

許可があるまで、顔を上げることすらできない。

息をすることすら躊躇うような迫力が、シャーロットの細い肩にのしかかる。

「面《おもて》を上げよ」

先ほど、面会を命じた老人の声だ。

謁見を取り仕切る彼が、おそらくは侍従長《じじゅうちょう》なのだろう。

意を決して、シャーロットは顔を上げた。

玉座には、三脚の椅子が並べられていた。

赤い革張りに金で作られた椅子が二つ。そして少しだけ小さな椅子が一つだ。

小さな椅子は空席で、残りの大きな椅子には体格のがっしりとした男性が、もう片方にはほっそりとした優美な女性が腰かけていた。

(国王陛下と王妃殿下だわ。王妃殿下はご病気を患《わずら》っていると聞いていたけど、お元気みたい)

他の多くの国民と同じように、シャーロットも国中に出回る似姿《にすがた》で二人の顔を見たことがあった。

けれど似姿を見るのと、その実物に対面するのではやはり迫力が違う。

ひどく喉が渇いて、ごくりと生唾をのむ。

「フードを外せ。国王の御前である」

侍従長の声に従い、シャーロットはフードを外した。

息苦しそうに、ラクスが顔を出す。

その顔には、絶えず母親を窺う無邪気さしかなかった。

おそらくここまでの道のりも、かくれんぼかなにかだとしか思っていなかったに違いない。

ああ窮屈だったと言わんばかりに、彼は嬉しげに四枚の羽根を羽ばたかせる。

控えていた侍従達が、低くどよめいた。

「恐れながら、この子はまだなんの罪も犯してはおりません。罪があるとすれば、それはこの子を産んだわたくしのものでございます。陛下の寛大なお心で、処分でしたらどうぞわたくしに……」

声が震えないように己を叱咤《しった》しながら、シャーロットは一息に言い切った。

「許しもなく直答とは無礼だぞ！」

侍従長の叱責が飛ぶ。

しかしシャーロットは必死だった。

（とにかくラクスを守らなくちゃ！　ラクスだけはどうしても！）

その思いだけが、今の彼女を支えていた。

身体を小刻みに震わせる母親を、ラクスが不思議そうに見上げている。

「ふむ……」

国王は少し考えるように顎髭を撫でた。

その表情からは、なにも窺い知ることができない。

息が詰まるような沈黙が続き、シャーロットは緊張で失神しそうだった。

その時、ガチャリと音がして玉座の奥にある扉が開いた。

白地に金の細工が施された扉から入ってきた人物に、シャーロットは驚いてしまった。

だって彼は――。

扉をあけ放ち、転がるように大広間に現れたのは、シャーロットの見知った人物だった。

つやつやの金髪に、蜂蜜を固めたような琥珀の瞳。

以前見た時よりも少し背が伸びたようだが、それは以前森にやってきた少年に間違いなかった。

「トーマス！　彼女に失礼な口を利くな！」

少年はシャーロットと侍従長の間に飛び込み、大きく手を広げた。

フリルがふんだんに使われたアビ・アラ・フランセーズ《宮廷服》。光沢《こうたく》のあるサテン地は空色で、そこに細密な金や銀の刺繍が施されていた。そして所々に散りばめられた宝石。

それは彼の尊《とうと》い身分を、なによりも如実《にょじつ》に表していた。

いいやそれよりも、玉座の奥にある扉は国王のプライベートスペースへと続く扉だ。そこから出てきたということ自体が、彼がただの少年ではないというなによりの証明だった。

「あなた……」

驚きで呆然とするシャーロットを、彼はひらりと身軽に振り返った。

そして目にも留まらぬ速さで彼女に駆け寄り、その手を掴《つか》む。

「殿下！　危険です」

トーマスと呼ばれた老人が叫ぶ。

しかし少年は気にも留めない。

「ずっと、お礼が言いたかった。お母様の病気が癒えたのは、貴女達のお陰だ。本当にありがとう」

曇りのない琥珀色の視線に、シャーロットはなんだか無性に恥ずかしくなった。

羞恥心《しゅうちしん》を紛《まぎ》らわそうと、彼女は少年に尋ねる。

「えっと、あの……どういうこと？」

しかし、答えたのは少年ではなかった。

「説明は私がしよう」

そう言って玉座から降りたのは、なんと国王その人だった。

王妃までそれに続き、こちらへ歩み寄ってくる。

恐れおののきながら、シャーロットはふと、近づいてくる国王の髪と目が少年と同じ色合いであることに気付く。

そして優しい顔だちは、王妃にそっくりだ。

「我が妻マリエッタは、長く病に苦しんでいた。どれだけ高名な医者を呼び寄せても、決して癒えぬ原因不明の病だ。半年前、もう手立てはないと諦め、私達は別れを覚悟した。私は息子を呼び、母との別れが近いと打ち明けた。すると向う見ずな息子は、黙って城を抜け出してしまったんだ。その息子が持って帰ってきたのが、世界中の魔法使いが欲しがる竜の生血だった」

国王の言葉を、今度は王妃が引き継ぐ。

「お陰で私は一命を取り留めることができました。心からお礼を申しあげます。本当にありがとう」

王妃は柳《やなぎ》のように細い腰を屈め、シャーロットに対して最大級の謝辞を伝えた。

末端とはいえ貴族のシャーロットは、それがどれほどとんでもない出来事か、理解したくないのにできてしまった。

思わず鼓動が乱れる。

想像していたのとは全く逆方向のピンチだ。

しかし王妃はすぐに、その優しげな面差しを悲しげなものへとかえた。

「……けれど知ってしまった以上、私達は貴女達の存在を放置できません。私が重い病にかかっていたことは、既に近隣諸国の知るところ。それが突然に癒えた理由を、各国の要人達は知りたがるでしょう。どんな手を使ってでも」

彼らの話が本当なら、確かに想像どおりの事態が起こるだろう。大陸全土の権力者達が、ラクスを求めて醜い諍《いさか》いを起こすかもしれない。

王妃はそう言っているのだ。

シャーロットは再びごくりと、生唾を呑んだ。

まだ頭は真っ白で、どんな感情を抱いていいかすらわからずにいる。

「そんな！　お礼をするために彼女を呼んだのではなかったのですか⁉」

少年――王子が悲痛な声を上げる。

王子は縋《すが》るように王妃を見たが、彼女は静かに首を横に振った。

「ですから、私達はある提案をするために、貴女をここへ呼んだのです」

「提案……ですか？」

パタパタと飛びあがろうとするラクスを、シャーロットは思わず抱きしめた。

緊張で手が汗ばみ、つるつるとしたラクスの肌を滑った。

「それは一体、どのような……？」

そして、王妃がゆっくりと口を開く。

「残念だけれど、その竜を国内においておくことはできないのです。諍いの種は排除せねば」

この提案に、シャーロットは思わず倒れ込み、気を失ってしまった。

ただ最後に、心配そうなラクスが顔を舐めたことだけは、わかったのだけれど。

第四話 ◆ 昔のはなし

——夢を見た。

なぜ夢だとすぐにわかったのか。

それは死んだはずの祖母がいたからだ。

母方の祖母であるマーガレットおばあ様は、可憐《かれん》な名前に反して剛毅《ごうき》で知られた方だった。

彼女は晩年まで女公爵として君臨し、政治の場でその剛腕《ごうわん》を振るった。

けれど彼女は、死ぬまで独身のままだった。

そして娘の父親の名前すら、墓場にまで持っていってしまった。

「とにかく強情な人だったのよ」

母は時折、ひどく遠い目をして祖母のことをそう語る。

シャーロットの母方の実家。ワラキア公爵家には、不思議な決まりがいくつもある。

一に、爵位は女が継ぐこと。

一に、領地は女が治めること。

一に、公爵となった者は結婚してはならない。

それは、国の規律とは大きく異なった決まりだ。

しかしなぜかワラキア公爵家にはそれが許されており、本当に代々女性が跡目を継ぎ、公爵家には男性の肖像画が一枚もなかった。

ではなぜ一人っ子の母がその決まりを破って、父のいるヨハンソン家に嫁ぐことができたのか。

それは祖母が、公爵家の断絶を強く願っていたからだ。

祖母は頑《かたく》なに後継者を作らず、己が死んだあとは領地を国に返上すると言って憚《はばか》らなかった。

娘である母も、その意見には同意していた。

なぜならワラキア公爵の領地は、王都のすぐ北にある不可侵《ふかしん》の森。それのみだったからだ。

大層な名前と歴史だけは古い割に、得るものは少なく愛する人と結婚することもできない。

母にとってその爵位は、それほど惜しいものではなかったのだ。

――けれど結局、祖母は死ぬ間際になって、その決意を翻意《ほんい》した。

シャーロットは、その日のことを今でもよく覚えている。

あれは公爵家のタウンハウスにあったバラの迷路でのことだ。

初めてそこを訪れたシャーロットは、はしゃぎ過ぎていつしかその迷路に迷い込んでしまった。

やがて両親の姿が見えないことに気付き、慌てて迷路を出ようとした頃には既に手遅れ。

どれだけ歩いても出口は一向に見当たらず、シャーロットは疲れ果ててその場に座りこんだ。

彼女が辿りついたのは、迷路の中にある朽ちかけた噴水の前だ。

大理石にはお世辞にも綺麗とはいえない水が溜まり、その底には落ち葉が何層にもなって積み重なっていた。

まだ幼いシャーロットは、心細さのあまり泣きだしてしまった。

日は暮れ、刻々と辺りを闇が覆わんとしている。

どれくらい泣いただろうか。

もう死ぬまでここにいるしかないのだろうかと思ったその時、不思議なことが起こった。

シャーロットの涙をたたえた噴水が、風もないのに激しく飛沫《しぶき》を上げたのだ。

そしてみるみるうちに水が空中に浮きあがり、まるで生きているかのようにのたくった。

それはまるで、蛇《へび》のようにシャーロットに擂り寄った。

あまりの恐怖と驚きに、彼女はその場で気を失ってしまった。

そして気付いたら、祖母の腕の中にいたのだ。

祖母の温もりに安心したシャーロットだったが、反対に祖母はとても悲しそうな顔をしていた。

『結局、血の呪縛《じゅばく》からは逃れられないということか……』

辛そうな呟きが、今でも耳に残っている。

その意味は、今でもわからないままだ。

それから先に起こった出来事は、シャーロットの記憶には残っていない。全ては母からの伝聞だ。

シャーロットが迷子になった日の夜、祖母は今までの意向を全て翻《ひるがえ》し、シャーロットを己の後継者として指名した。

あんなに驚いたことはなかったと、語るたびに母は目を丸くする。

どうして上の娘ではなくシャーロットなのかと、母は何度も尋ねたのだそうだ。

しかし結局、その疑問に祖母が答えることはなかった。

『おばあ様。あの日の出来事とラクスは、なにか関係があるの？』

夢の中で、シャーロットは祖母に問いかけてみる。

しかし祖母は黙って微笑むばかりで、なにも答えてはくれなかった。

『わからないんです。もう一体どうしたらいいのか……』

シャーロットは泣きじゃくった。

思い返してみれば、まるで祖母はこうなることがわかっていたみたいだ。

噴水での不思議な体験以来、祖母はシャーロットにだけ不思議な者達の話を山ほど聞かせた。

人非ざる、しかし人の胎《はら》を借りて子を成す者達。

フェアリー、エルフ、トロール――そして竜。

『たとえ取り換え子が産まれても、間違いなくあなたの子供なのよ。だから精一杯愛してあげて』

それが祖母の口癖だった。

今にして思えば、おかしな話だ。

少なくともシャーロットは、取り替え子のお伽話をそのように結ぶ人を、祖母以外に知らない。

しかしなにを尋ねても、夢の中の祖母は黙って悲し気にほほ笑むだけ。

両手で顔を覆って、シャーロットはずっと泣き続けた。

それはラクスに心配をかけたくなくて、今まで堪えていた沢山の涙だった。

◇◆◇

目が覚めた時、最初にシャーロットの視界に入ってきたのは、自分と同じ淡い水色の瞳だった。

見慣れた息子の顔だ。

「夢……？」

涙が伝い落ちるその顔を、ラクスがペロペロと舐める。

「やめて、くすぐったいわ」

シャーロットは、どうして自分が泣いているのかわからなかった。

息子はひどく嬉しそうだ。

それを見ていたら、シャーロットまで嬉しくなってしまった。

手に馴染《なじ》んだその身体に触れて、パタパタと宙を漂うラクスとじゃれ合う。

部屋の中を見回すと、そこには華美ではないが品のいい調度品が揃っていた。

自分の部屋ではない。

そしてシャーロットはようやく、自分が謁見の最中に気を失ってしまったのだと思い出した。

（そうだ、王妃様にラクスを国には置いておけないと言われて、それで……）

なにもかも夢だったらよかったのに。

ぼんやりとしながらしばらくそんなことを考えていると、扉からコンコンとノック音が響いた。

「はぁい」

（誰かしら？）

返事をすると、入ってきたのは例のワインの瞳の騎士だった。

名前はそう――ジェラルドだったか。

彼はベッドの中にいるシャーロットを見て、ぎょっとしたように一歩後退した。

なにがそんなに驚かせてしまったのだろうかと、彼女は首を傾げる。

「し、失礼した」

ジェラルドは、すぐさま踵《きびす》を返して部屋を出ていってしまった。

シャーロットは慌ててそれを追いかける。

目の前で閉じられた扉。

シャーロットは内側から外にノックするという、奇妙な真似をしなければならなかった。

「あの、なにかご用事ではなかったのですか？」

「それはそうですが、寝起きの淑女《しゅくじょ》の部屋に上がり込むなど、騎士の名折れ」

どうやら自分がいつまでも寝台の上にいたのがよくなかったらしい。

「なら、もう起きましたから、入ってきて大丈夫ですよ」

「いえ。メイドを呼んでまいります。貴女は決して、この部屋を出ないでください！」

慌てたような声が、遠ざかっていった。

あの恐い顔の人がそんな声も出すのだと、シャーロットは場違いに驚いてしまった。

結局落ち着いて話ができるようになったのは、シャーロットが顔を洗ってドレスに着替えた後だ。

普段着用だと渡されたドレスは、彼女には豪華すぎて目が眩《くら》んでしまう。

ピスタチオグリーンのサテン地に、複雑に編まれた生成《きな》りのレースが裾《すそ》を飾っていた。

コルセットこそつけていないが、そのスカートは腰でふんわりと広がっている。

あまりに素敵なドレス過ぎて、シャーロットはなんだか申し訳なくなってしまった。

それにドレスを借りるよりも、本当なら一刻も早く家に帰りたい。

けれどラクスの今後を考えたら、なにもかも放り出して森へ帰るわけにはいかないのだった。

「先ほどは失礼した」

テーブルで向かい合うと、恐い顔を更に恐くしてジェラルドは言った。

謝られているはずなのに、なんだかこちらが怒られているみたいだ。

ラクスはといえば、森での出来事で彼に恐怖心を抱いているのか、シャーロットの膝にべったりと張り付いている。

「こちらこそ、申し訳ありませんでした。それであの、ジェラルド様はどうしてこちらに？」

尋ねると、ジェラルドは更に恐い顔になった。

一体なにが正解なのか。

シャーロットは頭を抱えたくなった。

「まずは、貴女に詫びなければ。無理矢理城に連れてくるような真似をして、申し訳なかった」

ジェラルドが、ぎこちなく頭を下げる。

シャーロットは、驚いてなにも言えなくなった。

無理矢理城に連れてこられたのは本当だが、まさか謝ってもらえるとは思っていなかったのだ。

「いいえ。陛下のご命令でしたら仕方ありません」

なんとなく彼を憎めないでいる自分に、シャーロットは気付いていた。

だって、己が間違おうが頑なに謝ったりしないのが貴族だ。

それを考えれば、ジェラルドの態度は破格とも言えた。

まあ――恐い顔のままではあるにしろ。

「傷は……平気だろうか？」

「傷、ですか？」

「息子さんの傷だ」

「ああ……」

シャーロットは、そういえばとラクスが傷ついていた場所を撫でた。

今までの経験から、切り傷ぐらいならラクスはすぐに治ってしまうとわかっていた。

それでもあの時は、息子が傷つけられたと知って冷静ではいられなかったが。

「ご心配なく。もう消えてしまったようです」

声に出すと、意図せずひんやりとした声が出た。

許すのと、怒らないのとでは意味が違う。

あの時のことを思い出すと、どうしても気持ちが尖ってしまう。

それほどに恐ろしい出来事だったし、安易に騎士達を招き入れた自分の愚《おろ》かさを悔いてもいた。

互いに黙り込んでしまい、部屋の中に沈黙が落ちる。

どれほどそうしていただろうか。

コンコンと再びノックの音がして、部屋に新たな人物が現れた。

思いもよらぬ人物の登場に、シャーロットは動揺して立ちあがった。

それはジェラルドも同様だったようで、ぎぎっと椅子を引く音が重なる。

「国王陛下……っ」

先ほど見た姿のまま、堂々としたこの国の王がそこには立っていた。

「ああ、慌てないで。楽にしていい」

国王はそう言うが、その言葉に甘えてリラックスなどできるはずがなかった。

シャーロットは膝にへばり付いたままのラクスを気にしながら、ドキドキとことの成り行きを見守っていた。

国王が突然部屋に入ってきた時の礼儀など、習っていない。習っているはずがない！

だってそんなこと、本来起こるはずがないのだから。

「そう言われて、はいそうですかと楽になれる者はおりません。陛下」

ジェラルドは苦虫《にがむし》を噛《か》み潰《つぶ》したような顔をしていた。

あの恐い顔よりまだ上があったなんて驚きだ。

いいや、それよりも。

（ジェラルド様、陛下になんて口を……っ）

シャーロットが冷や汗をかいていると、彼女の予想に反して国王はお腹を抱えて笑い出した。

「はは、ジェリー。言うようになったな」

国王はまずジェラルドに歩み寄ると、己より少し高い彼の頭をぐりぐりと撫でた。

ジェラルドはといえば、口の中に更に大量の苦虫を投下されて不機嫌だ。

「陛下。このような扱いは止めてくださいと、一体何度言えば……」

「まあそう怒るな。昔はあんなに懐《なつ》いてくれていたのに、手厳しいことだ」

「陛下！」

ジェラルドが声を荒げる。

どうやら二人はかなり親密な間柄らしい。

「ああ、レディをいつまでも立たせてしまい申し訳ない。どうぞ座って。ジェラルド。お前も」

そう言いながら、国王は二人に先んじてテーブルの余っていた椅子に腰かけてしまった。

着席を命じられれば、従わないわけにもいかない。

ジェラルドはなにか言いたげだったが、素直にその言葉に従った。

国王と同じテーブルに着くなんて不敬だとは思ったが、迷った末シャーロットも腰を下ろした。

「さあて、なにから話そうかな。そんなに硬くならなくていい。ここは私のプライベートな空間だから、なにかと五月蠅《うるさ》く言う奴らは入ってこれない」

そう言うと、国王はいたずらっ子のように笑った。

そうしていると、威厳が薄まって年齢よりもかなり若く見える。

「だからといって、気を抜きすぎです。大体あなたはいつもいつも……！」

ジェラルドが声を荒げた時、まるでそれを見ていたかのように扉が開いて、今度は王妃が部屋の中に入ってきた。

シャーロットは慌てて立ちあがろうとするが、国王に制されてしまう。

驚いたことに王妃の手は、ティーポットと四客の茶器を載せたトレイで塞がっていた。

ノックがなかった理由はこれらしい。

「いやはや奥さん。流石《さすが》にそれを一人で持ってくるのは無謀だったんじゃないかい？」

国王は立ちあがると妻の手からティーセットを取りあげ、自らテーブルの上に置いて取り分けた。

シャーロットは呆気にとられてしまった。

それはそうだ。

どこの国に、自《みず》ら紅茶を配る王がいるだろうか？

シャーロットは未だに夢を見ているのかと、己のほっぺたを引っ張りたくなった。

「夜会に来ていくドレスの重さに比べれば、ティーセットぐらい軽いものだわ」

笑いながらそう言って、残った最後の椅子に王妃が腰かけた。

こうして丸テーブルとセットになった四脚の椅子には、時計回りに国王、ジェラルド、王妃、シャーロットの順で座ることになった。

こんなに豪勢な茶会があるだろうか？

（もう一度夢の中に帰りたい……）

無意識にラクスの冷たい背中を撫でながら、心底シャーロットはそう思った。

王妃が当たり前のように紅茶を注ぎ、各人の前にそれを置いている。

自分の前にそれを置かれた時は、本当に気を失ってしまうかと思った。

「そんなに硬くならないで。いくら国王や王妃といったって、自分の手でなにもできないわけじゃない。この区画にいる使用人の数は本当に少なくてね、だから私達もこうして労働を厭《いと》わないというわけだ」

そう言いながら、国王は紅茶にミルクと砂糖を投入し、銀のスプーンでくるくると掻き混ぜた。

「紅茶を混ぜることが労働ですか？　随分と楽しいお仕事ですこと」

「おい。茶化さないでくれよ。それにしてもマリエッタ。相変わらず君の淹《い》れた紅茶は最高だね」

国王は茶目っ気たっぷりにウインクを飛ばした。

王妃は慣れた様子だが。その流れ弾に当たったシャーロットは今にも心臓が口から転がり出して紅茶に飛び込んでしまいそうだ。

「お二人とも、いい加減にしてください。シャーロットが困っているではありませんか」

たまりかねたようにジェラルドが言う。

「い、いえ……」

そう思いつつ指先が震えて、とても紅茶を味わう気にはなれなかった。

それは相手の高すぎる地位の他に、先ほどの大広間での出来事が気になったせいだ。

『その竜を国内においておくことはできない』

すました顔で茶器に口を付ける王妃は確かに、先ほどシャーロットにそう言ったはずなのに。

テーブルが静まり返り、シャーロットがカタンとカップをテーブルに置いた。そうしてようやく、王妃が口火を切る。

「貴女に謝らなくては。命を救っていただいたのに、あんなことを言ってしまって本当に申し訳なかったわ」

王妃はまたしても、腰かけたままで頭を下げた。

シャーロットは飛びあがって、今にも逃げ出したくなる。

国王や王妃に頭を下げられた時の所作なんて、習っていない！

彼女にできたのは、カチコチに固まってラクスを抱きしめることだけだ。

なにも知らないラクスは、嬉しそうにシャーロットの胸に摺り寄ってくる。

それを目にした王妃は、くすりと悲しげな目のままで笑った。

「とりあえずは、安心してちょうだい。貴女達を無理に引き離したり、殺してしまうなんてことは絶対にないわ。それは信じてほしいの。私達は全力で、貴女達親子を守ります」

「え、でも……」

『国内に、いてはいけないのでしょう？』、そう言いかけて、シャーロットは口を噤《つぐ》んだ。

王妃を侮辱《ぶじょく》していると受け取られても困る。

しかしシャーロットの顔色から、国王は彼女の声にならない気持ちを読み取ったようだ。

「あの場では、ああ言うしかなかったのだ。宮廷は一枚岩ではないし、どこに他国のスパイがいるかもわからないのでね」

国王の苦い声音に、シャーロットはぎょっとしてしまった。

「スパイ、ですか？」

「そうだ。こんな大国でもない国にまでと思わなくもないが、現状どこの宮廷にだって他国のスパイというのはいる。それがいるからこそ余計な疑いをかけられずに済むという利点もある。醜いものも飲み込まなければ、国とは立ちいかないんだ。悲しいことにね」

彼はなんでもない顔で、もう一度カップに口を付けた。

威厳に溢れ、気力に満ちた三十代の国王にも、ままならぬことはあるらしい。

「陛下……」

ジェラルドが、非難を込めた視線を隣席《りんせき》に送る。

いつも難しい顔をしている男だが、その表情にはどこか気安さがあった。

国王に気安いというのも、妙な話ではあるが。

その視線に気付いた国王は、いたずらっ子の顔をする。

「たまにはお前が代わってくれてもいいんだぞ？　ジェリー」

「なにを馬鹿なことを」

「馬鹿ではないさ。今俺が死ねば、お前が王位を取って変わるのは容易い。なんせアレクシスはまだ幼いからな」

ジェラルドがガタリと席を立ち、テーブルに両手を叩きつける。

テーブルに置かれたお茶が、その水面を揺らした。

成り行きを見守っていたシャーロットは、口の中に悲鳴を押し込まなければならなかった。

「その考えこそが馬鹿だと言っているんです！　私の忠誠をお疑いですか⁉」

上背《うわぜい》のある男性が肩を怒らせる様は、かなりの迫力があった。

ジェラルドの向かいの席で、シャーロットは身を縮込ませる。

憎めないのと、怯えないのとはまた別だ。

「ちょっと、シャーロットが怯えてるじゃない。あなたも、ジェリーをからかうのは止めて」

王妃が国王を窘《たしな》める。

国王はなぜか嬉しそうな顔をして、紅茶のお代わりを要求した。

「いいや。我が弟の忠誠を疑ったことなんてないさ。お前がいるから、私はいつ死んでも大丈夫だと安心していられるんだ」

「陛下！」

「あなた！」

テーブルの二方から非難の声が上がる。

国王は楽しそうな顔で、悪びれもせず新しい紅茶に口を付けた。

シャーロットはぽかんとしてしまった。それは話の成り行きにもそうだし、今知ったばかりのある事実に対してもそうだった。

「弟……？」

シャーロットは立ちあがったままの、ジェラルドを見上げる。

視線に気付いたジェラルドは、逆に少しだけ驚いたような顔だ。

状況を察したのは、横でその様子を見ていた王妃の方だった。

「あら、ご存じなかったの？　ジェリーは陛下の弟なのよ。御母堂《ごぼどう》が違うから、あまりに似てはいないのだけれど」

確かに、その目の色と髪の色はちっとも似通ったところがない。

生真面目なジェラルドと磊落《らいらく》な王。性格的にも似通ったところはないようだが、不思議とその雰囲気だけは少し似ていた。

だからなんとなく、シャーロットはすぐにその事実を受け入れられた。

ただ、王弟とは知らずにしてきた今までの無礼を、思い出して少し青くなったが。

「その、すまない……まさか知らないとは思わなくて……」

「いえあの、こちらこそ申し訳ありません。私本当に、そういうのにうとくて……」

実家が貴族とはいえ権力と無縁だったこともあり、シャーロットには礼儀以外の貴族に必要な知識というのが欠如している。

というか、敢《あ》えてそこから切り離されていたような気がしなくもない。

祖母は己の後継者が、貴族然とした人物になることを嫌っていた。

『血を薄めたい……』

いつもそんな風に言っていた、祖母の真意はシャーロットにはよくわからなかったけれど。

ぼんやりと追憶に浸《ひた》っていたら、王妃がパンパンと手を打ちなおす音に呼び戻された。

慌ててそちらを見れば、王妃の顔には真剣な色が乗っている。

「雑談はこのくらいにして、本題に入るとしましょう。我が国ファーヴニルと、連綿《れんめん》として続く竜との関係を」

シャーロットはごくりと息を呑んだ。

遠く鐘《かね》の音がする。

ラクスだけがのんびりと、シャーロットの指先にじゃれついて楽しげにしていた。

＊＊＊

それはまだ、人が国など持たなかった頃。

今よりもずっと、人と竜の距離が近かった頃の物語。

昔々、あるところに、
一匹の巨大な竜がいました。
その竜は湖のそばで丸くなって、お昼寝するのが大好きでした。
来る日も来る日も、竜はお昼寝していました。

それを見た人間達は、思いました。

『いつも丸くなっているのは、きっと大切な物を守っているからに違いない』

人間達は、その竜がなにを守っているのか知りたくてたまらなくなりました。

ある者は宝石だと言い、またある者は黄金だと言いました。

実際に確かめにいった者もいましたが、誰一人として帰ってきませんでした。

わからないとなると、人々は更に知りたくなってしまうのでした。

そんな時です。

人々の暮らす村に、冒険者がやってきました。

剣を持つ若者と、魔法使い、シーフの三人組です。

村の人々は、彼らが竜の謎を解いてくれるのではないかと期待しました。

しかし冒険者達は、竜の話を聞いても興味を示しませんでした。

『ただ眠っているだけならば、そのまま静かに眠らせてあげましょう』

魔法使いが言いました。

若者もそれに同意しました。

しかし村人達は、それでは納得できません。彼らは一計を案じました。

『冒険者様、勇者様。実は村の住人が幾人も竜に食べられているのです。我々はいつ食べられるかと怯えて暮らさねばなりません。どうかお助け下さい』

確かに、帰ってこない村人がいるのは事実でした。

しかしそれは、竜が守っている物を知りたがって、無理に近づこうとしたからです。

けれどその事実を、村人は黙っていました。

そして村人達に同情した冒険者達は、竜退治に出かけました。

村人達に教えられた方角へ進むと、いつしか白い霧が出てきました。

それでも三人は竜を求めて真っ直ぐ進みました。

そしてようやく、湖の近くで眠る竜を見つけました。

山一つほどもある巨大な竜です。

いつものように昼寝していた竜は、近づいてきた三人をつまらなそうに見つめました。

『我は眠っているだけなのに、どうしてこうも人間が寄ってくるのか』

冒険者は答えました。

『それはお前が人を喰うからだ』

『お前らだって、動物の肉を喰うだろう。それとなにが違う。それに向こうから近づいてくるのだ。餌が向こうから近づいてくるのなら、それを喰わない理由はない』

勇者達は村人の話と違うと思いましたが、ここまで来て後には引けません。

彼らは剣を抜き、魔法をかけ、針を放ち、竜に襲い掛かりました。

そして大変な戦いの末、彼らは竜を倒しました。

戦士が振るった剣は竜に深く突き刺さり、辺り一面が血で赤く染まりました。

『人とは強欲なもの。地上の全てをその身で埋め尽くさねば気が済まぬか』

竜は、なにも守ってなどいませんでした。

本当に、ただ静かに昼寝していただけだったのです。

のちにそれを知った三人の冒険者達は、もう二度と竜の眠りを妨《さまた》げないと誓いを立て、竜のいた湖の近くに国を作りました。

戦士は初めの王となり、魔法使いが宰相《さいしょう》としてよく国をまとめました。

竜の血を浴びた場所はやがて、人を寄せ付けない鬱蒼《うっそう》とした森になりました。

湖は常に白い霧で覆われ、まるで竜の眠りを守っているかのようでした。

竜の名前はファーヴニル。そして戦士の名前はシグルズと言いました。

それが、ファーヴニル王国始まりの物語――。

＊＊＊

「というわけで我がご先祖様は、村人に騙されて竜を殺したことを悔い、この国を作られた。いうなれば我が国はそれ自体が巨大な墓標なのだ。死んだ竜の眠りを守るための」

語り終えた国王は、喉が渇いたとばかりに紅茶を口に含んだ。

しかしもう冷えきったそれに、不機嫌そうに眉を寄せる。

王妃は笑って、リンリンとベルを鳴らした。

そしてやってきたメイドに、新たなお湯を持ってくるよう命じる。

茶葉を変え、お湯を注ぎ、王妃はもう一度四人にお茶を淹れた。

王は嬉しそうに、新しい紅茶を飲んでため息をつく。

「ここまでは貴女も知っているだろう。この国では子供でも知っている冒険譚だ」

シャーロットは頷く。

ファーヴニル王国に暮らす者なら、この話を知らない者はいない。

しかしどうして今そんな話をされるのか、彼女は首を傾げた。

「さて、この話。戦士は国王となり魔法使いは宰相になったというが、残りの一人であるシーフはどうしたと思う？」

国王が楽しそうに言う。

その問いに、シャーロットは答えることができなかった。

今までそんなこと気にしたこともなかったし、誰かとその話をしたこともなかったからだ。

「シーフですか？　国を出て一人で旅を続けたのではないでしょうか」

自信なさ気に言うシャーロットを、突如国王は指差した。

なにか粗相《そそう》をしてしまったのだろうかと、彼女は途端に不安になる。

「あなた。あまりからかっては可哀相よ。真面目に話してあげてください」

王妃が夫を諫める。

しかし国王は、そのいたずらっ子のような表情を改めたりはしなかった。

「君だよ」

「え？」

「シーフの名前は、スカーレット・ワラキア。シーフは女性で、彼女は我が国の公爵となった。決して表舞台に立つことのない公爵。しかし君は、この名前を知っているね？」

「どうして……」

シャーロットは驚きで言葉をなくした。

自分の正体がばれていたこと以上に、王が自分の隠された名前を知っているなどとは、夢にも思わなかったのだ。

「なぜシーフのその後だけが伝わっていないのか。それはワラキア公爵家の秘密が関係している」

「当家の秘密、ですか？」

「そう。ワラキア公爵家の当主はいつも女性。そして婚姻によって血を薄めてはならないと定められている。それがなぜか、わかるかい？」

「わかりません。教えていただく前に祖母は亡くなりましたし、母も詳しくは知らないようです」

シャーロットは肩を落とした。

そう、公爵家の後継者として指名されている彼女だが、実は彼女自身、公爵家について詳しいことはなにも知らないのだった。ただ母が亡くなれば自分がその名を受け継ぐ。その事実を知識として知っているだけだった。

「落ち込むことはない。君が知らないのは当然だ。なんせ先代――君のおばあ様が、自分の子孫にそれを知らせまいと、敢えて伝えなかったのだから」

「おばあ様が？」

「そうだ。君のおばあ様は、ワラキア公爵家を途絶えさせたかった。だから女公爵になるのは自分が最後で、娘をなんの縁もゆかりもない君のお父上に嫁がせたんだ」

「そんな、一体どうしてそんなことを？」

「それは、ワラキア公爵家の秘密に大いに関係している」

「その秘密とは一体なんですか？」

シャーロットは身を乗り出す。

国王は、その琥珀色の目の色を深めた。

「それはね、君達ワラキア公爵家の女が、代々竜の子を産むからなんだ」

王の言葉に、シャーロットは驚きで呼吸を忘れた。

手元のラクスに視線を落とせば、彼はいつの間にかクウクウと、幸せそうな寝息を立てていた。

「ちょっと待ってください！」

ガタンと立ちあがったのは、ジェラルドだった。

その衝撃で、ラクスが目を覚ましてしまう。

彼は何度か目を瞬《しばたた》かせると、迷惑そうにしっぽを振ってもう一度昼寝に戻っていった。

「彼女が公爵家の娘ですって！　北の森の魔女ではなかったのですか⁉」

彼の言葉に、シャーロットもはっと我に返った。

そういえば自分は、その名前すら名乗っていないはずだ。

なんせシャーロットの名は、元夫の愛人に奪われたのだから。

彼女は己の両側に座る国王と王妃の表情を窺った。

しかし彼らは今更なにを驚くんだと言うように平気な顔だ。

「なんだ、今更そんな話か」

国王がつまらなそうに鼻を鳴らす。

「教えていなかったのですか？　相変わらず意地悪ですのね」

王妃はそんな国王を窘める。

そして三人の視線が、シャーロットに集まってきた。

「シャーロット・ヨハンソン。ヨハンソン男爵家の次女で、ワラキア公爵家の後継者」

こつこつと、国王が指先でテーブルを叩く。

「どこぞの商人の若女将がワラキアの名を名乗っているそうだが、その名の本当の持ち主は君だろう？　シャーロット・ワラキア」

質問ではない。

それは断定だった。

「だとしたら、全くの別人が貴族令嬢の名を名乗っているということですか⁉　そんなこと許される筈がない！」

ジェラルドが肩を怒らせる。

まあまあと、王妃がそれを宥めている。

「誰がどの名前を名乗っているかなんて、所詮《しょせん》は些事《さじ》に過ぎない。重要なのは、彼女が竜の子を産んだということだけだ」

そう言って、王はラクスを指差した。

「王家、宰相家、公爵家のみに伝わる言い伝えによれば、ワラキアの女は百年に一度、ファーヴニルを産み落とすという」

「ファーヴニルを？」

ようやく席に着いたジェラルドが、王の言葉を尋ね返す。

「そうだ。我が先祖によって打倒されたファーヴニルは、竜として完全な存在ではなくなってしまった。彼は百年のサイクルで、生と死を繰り返すようになったのだ。百年が経つといずこかで死に、そしてもう一度ワラキアの女の胎から産まれ直す。建国以来、ずっと繰り返されてきたことだ。私自身目にしたのは初めてだが」

驚きのあまり、シャーロットは言葉が出なかった。

それでは、ちょうど百年目だからシャーロットはラクスを身籠もったというのか。

こんなに愛らしいラクスが、人間に倒されたファーヴニルの生まれ変わりだなんて。

膝の上で丸くなるラクスを、彼女は優しく撫でた。

その手触りはひんやりと冷たい。

シャーロットはどうしようもなく悲しくなった。

自分の先祖がラクスを殺したのかと思うと、辛くて苦しくて胸が千切れそうになる。

「随分可愛がっているんだね」

その様子を見た国王に語りかけられ、シャーロットは俯いた。

自分は、おかしいのかもしれない。

こんなにも竜の子を愛し、慈《いつく》しんでしまう自分は。でも、

「ファーヴニルは……ラクスは私の息子です。姿かたちが違っていても、その事実は変わりません」

撫でるシャーロットの手に、寝ぼけたラクスが摺り寄ってくる。

彼は気持ちよさそうに四枚の羽根を揺らした。

「どうやら、君のおばあ様の心配は無駄だったようだな」

「え?」

顔を上げれば、国王は先ほどまでとは真逆の、まるで慈しむような顔で微笑んでいた。

「シャーロット。君のおばあ様はね、死の間際まで君の心配をしていたよ。百三年前に竜を生んだのは、マーガレットおばあ様の母親だったんだ。記録によれば、彼女の母親はその出産により心を病んで、二度と喋ることも笑うこともなかったそうだ。だからこそ君のおばあ様は、公爵家の血を薄めて竜が生まれないようにしようとしたのだろう」

「血を、薄める?」

「そうだ。死に際の竜の血を浴びた三家。王家、宰相家、公爵家はずっと、その血を薄めないため三家の間で婚姻を繰り返してきた。マリエッタも宰相家の出なんだ。我々は連綿と、生まれ変わるファーヴニルを見守ることを使命としてきた。公爵家の産んだ竜を他の二家が見守り育て、いつか

独り立ちできるようにと――」

「そんな！　ラクスは私が育てます！　これからだって！」

シャーロットは興奮して、ラクスをぎゅっと抱きしめた。

「慌てないで。二人を引き離したりはしないと言ったでしょう」

王妃に宥《なだ》められても、シャーロットの目は不安げに揺れたままだ。

「ああ、結論を急いですまない。私達は君からファーヴニルを奪ったりはしないよ。ただ、我々に協力してほしいんだ」

「協力、ですか？」

「そうだ。謁見の間でも言ったように、マリエッタの病気が癒えたことで近隣諸国はその秘密を探ろうとするだろう。そしてファーヴニルの存在が知られれば、次はそれを手に入れようと動き出すはずだ。なんせ、捕まえるのが安易な子供竜など、どこも喉から手が出るほど欲しいだろうからな」

国王は吐き捨てるように言った。

部屋に重苦しい空気が漂う。

「そんなやつらに、命の恩人を渡すものですか。だからシャーロット。私達はなにがあっても、貴女達親子を守ると誓う。だから貴女も、私達を信じて。ラクスが従うのは貴女だけ。貴女の協力がなければ守り切れないわ」

そう言う王妃の眼差しは、この間まで病人だったとは思えないような強さに溢れていた。

ラクスを撫でていた手に、白い綺麗な手が重なる。

シャーロットは思わず、一粒の涙を零した。

今までこんな風に、一緒に守ると言ってくれた人なんていなかったから。

強がっていた心が、ばらばらに千切れて溶けていく。

そうしてしまえばもう、涙は雨のようにぽつぽつと降り注いだ。

国王の手が肩に置かれる。

向かい合ったジェラルドだけが、難しい顔でシャーロットを見つめていた。

「さて、全員の目指す方向が定まったところで、具体的な対策に入ろうか」

国王はてきぱきと、まるで読み書きを教える教師のように高らかに言った。

「対策、ですか？」

「そうだ。ラクスだったか？　彼が無事独り立ちできるまで、国内の貴族や諸外国から守ることができるように」

『独り立ち』という単語に、シャーロットの胸はずきりと痛んだ。

しかしそれはたとえ人の子であったとしても、いつかは迎えなければいけないことだ。

（それよりも今は、ラクスを守り切らなくちゃ）

シャーロットはラクスを抱え、力強く頷く。

「よし。その意気だ。それで、私達からの提案なんだが――」

国王は顎髭を撫でながら、本当に何気ない仕草で、己の横を指差した。

「え？」

「は？」

指差されたジェラルドと、シャーロットの声が重なる。

二人は目を丸くして、お互いを見つめ合った。

「君達は今までどおり、森に暮らすといい。どうやらあの森は、君に招かれない者は迷わせるか立ち往生させてしまうようで、決してその奥の湖にまでは到達できないようなんだ。それでも何者かが侵入したとしても、心配しなくていい。護衛としてこの男をつけよう」

「まあ」

「はあ⁉　なにを言っているのですか兄上！」

食らいつかんばかりに、ジェラルドは身を乗り出した。

その迫力に、シャーロットは思わず腰が引けてしまう。

くすくすと、王妃はおかしそうに笑った。

「あら？　陛下のご命令なら、なんでもお聞きになるのでしょ？　それが忠義というものですわ。ね？　殿下」

「……忠義というのは、主君の間違いを正すことでもあります。姉上」

「正すほどの愚策だとは思えないのですけれど？　あなたは剣竜騎士団を率いる国一番の騎士ですし、その剣技と身分があれば、大抵の問題は解決できますわ」

「なにより、公《おおやけ》にできない我らの先祖の罪を共有している」

「あの」

「それはたった今貴方達に聞かされたばかりで――ってさては、そのために私をこの場に呼びましたね？　初めから私をハメるつもりだった。そうでしょう？」

「ハメるなんて人聞きの悪い。私達は頼りになる弟を信頼してだな」

「そうですわジェリー。たった一人の兄上をお疑いになるなんて……」

「あのう……」

「誠実そうな目をしてもだめです！　今まで何度、面倒事を押し付けられてきたことか！」

その瞬間、バタンと大きな音が響き渡った。

今度はジェラルドではない。もちろん国王や王妃でもない。

突如立ちあがったシャーロットが、両手をテーブルに叩きつけていた。

言い合いをしていた三人が、ぎょっとして彼女を見る。

「ラクスを面倒事だなんて言う人に、護っていただかなくても結構です‼」

シャーロットは珍しく声を張りあげて宣言すると、ラクスを抱え部屋を出ていく。

「ま、待ってシャーロット」

慌てて王妃がそれを追った。

それに少し遅れて、我に返ったジェラルドがその後を追おうとする。

しかし突如として国王に腕を掴まれ、追跡を阻止されてしまう。

「なにをするのですか兄上！　離してください」

「離したらどうするんだ？　生真面目なお前のことだ。シャーロットに謝罪するつもりだろう。けれどその後はどうする？　申し訳ないことをしたが、それでもやっぱり行けませんというのは通用しないぞ？」

尋ねられ、ジェラルドは眉間の皺を深くした。

何度も反論しようとして、そして言葉を呑み込む。

「わかっているのか？　ジェリー」

「は？　一体なにを……」

「他国にファーヴニルが狙われるということは、それ即ち我が国の侵略を意味するんだぞ？」

「っ！　どういう意味です」

「そのままの意味だ。それほど大きくもない我が国が独立を守っていられるのは、背後に広がる不可侵の森が、そのまま城壁の役割を果たしているからだ」

「それがなんだと言うのですか」

「さっきの話を思い出せ。あの森はファーヴニルがいるからこその不可侵なんだ。そしてその母親が認めた者だけが、招き入れられる。つまりあの小さな竜が、再び人に傷つけられないための巨大な殻《から》なんだ。ジェリーお前は、黄味を抜かれたタマゴが……強固なままでいられると思うか？」

ごくりと、ジェラルドの息を呑む音がした。

「もちろん、竜がいなくなっても森は不可侵のままかもしれない。しかし、そうでなくなる公算は高い。そして我々為政者《いせいしゃ》は、常にその〝もしも〟を想定して動かねばならんのだ」

重苦しく言って、王は手を離した。

先ほどまで一刻も早く部屋を出ようとしていた彼だったが、今度は動くことができない。

己の命じられた任務が、どれほどの重要事なのか。

その重みが、ジェラルドに迷いを与えた。

「お前しか、任せられる人間がいないというのは本当だ。わかってくれ、ジェラルド」

久々に、愛称ではない名で呼ばれる。

それは妙に重苦しく、ジェラルドの胸に響いた。

彼はゆっくりとその場に跪くと、兄に正式に忠誠を誓う。

「必ず、陛下のご期待に添えてみせます」

「頼んだぞ」

シャーロットの知らないところで、物語は刻々と動き始めていた。

第五話 ◆ 新たな同居人？

結局、シャーロットは王妃の説得によって部屋に戻り、そこでジェラルドから不用意な発言に対する謝罪を受けた。

彼女は衝動に任せて部屋を飛び出してしまった己の行いを悔いたが、だからといって納得したわけではない。ジェラルドの同行には最後まで難色を示していた。

それは彼を個人的に苦手としているからでも、或いは騎士としての力量に疑いを持っているからでもない。

シャーロットが、彼にラクスとの生活を否定されたくないと考えたからだ。

たとえば二人きりならば、シャーロットがラクスを実の子供として可愛がることに、疑問を持つ人間などいない。言葉の通じない相手に何度も何度も言葉で躾をしようとしている姿は、それを知らない人間にとって滑稽《こっけい》にすら映るだろう。

ラクスを産んだ時に一生分の非難と好奇の視線を送られた彼女にとって、そんなことはもうたくさんだったのだ。

だからこそ人里離れた森の奥に隠れ住んだのだし、その平穏を守るためフードで顔を隠し、ひっそりと息を潜めて生きてきた。

そんな自分達の日常に異分子が入り込むことを、シャーロットは嫌ったのだ。

けれど王妃と国王の二人掛りでその必要性を諭《さと》され、結局は彼女も折れた。

それは城を訪れるまでの間の、ジェラルドが見せた思いやりのある態度も少しは関係していた。

もし同行を求められたのが他の騎士であったなら、シャーロットは或いはもっと強い拒絶を示したに違いない。

そして現在、二人＋一匹は無事に北の森へと帰ってきた。

二頭の馬と、幌《ほろ》付きの馬車が一台。それにたくさんの食糧やジェラルドの荷物も一緒だ。

不思議なことにシャーロットが望むと、木々は山小屋まで馬車が通れる程度の道を空ける。

自覚のなかった彼女も一度森を訪れたことのあるジェラルドも、その光景にはひどく驚かされた。

そして住み慣れた小屋に戻り、ラクスはとても喜んでいる。

喜びすぎて狭い室内を四方に飛び回り、それによって立ち尽くすジェラルドに体当たりしてしまったほどだ。

シャーロットとラクスだけなら不自由しなかった山小屋も、長身でガタイのいいジェラルドが加わると一気に狭くなる。

仮にも王弟である人にどこで寝てもらえばいいのかしらと、シャーロットは頭を抱えた。

「あのう……」

「なにか？」

「すいません。ベッドは一つしかなくて……。少し小さいんですけど、これで大丈夫でしょうか？」

シャーロットが不安げに尋ねる。

彼女が示したのは、通常の物より一回りほど小さい、ベッドと呼ぶには粗末すぎる代物《しろもの》だった。

切り出した四本の丸太に、木の板を載せて布を掛けただけの簡素な造りだ。

ジェラルドがそれをベッドだと認識するのには、たっぷりの時間が必要だった。

「あ、ああ。ご心配なく。私は馬車の荷台で寝ますので。貴女も、私のような見ず知らずの男が同じ室内で寝るのはご不安でしょう」

「あら、そうなのですか。別に不安ではありません。殿下に護っていただくのですから。けれど、相応しいお構いができませんで、大変申し訳なく思います」

婚家から離縁されていようが山小屋で暮らしていようが、シャーロットは貴族の娘だ。

彼女はジェラルドに引け目を感じていた。それが彼の同行を渋った要因の一つでもある。

森の中ではどうしても、王家の人間に相応しい暮らしを提供できない。

それがシャーロットには心苦しかった。

王家に仕えるのは貴族の務め。少なくとも、彼女はそう言いきかされて育った。

国王から建国の秘密を明かされた今でも、その気持ちは変わらない。

「今、お茶をお淹れしますね。どうぞこちらへ」

シャーロットが指し示したのは、これまた丸太を切り出しただけの椅子だ。

しかも一つしかない。

ジェラルドは戸惑った。

「いいえ。どうぞお構いなく。貴女方を守るのが私の役目。私のことはお気になさらなくて結構ですので」

「そういうわけにはまいりませんわ！　ただでさえ、殿下自ら御者《ぎょしゃ》をさせてしまって、申し訳なく思っておりますのに……」

「あの、その殿下というのは止めませんか？　ジェラルドと呼んでいただいて結構ですので」

「しかし」

「これから長い間、私はこちらでご厄介になるのです。ですからすぐには無理でも、客人としてではなく便利な用心棒が来たとでも思っていただければ……」

「そんなわけにはまいりませんわ！　殿下を用心棒だなんて……とにかくお茶をお淹れします」

シャーロットは慌てた様子で、部屋の奥に入っていってしまう。

ジェラルドは頭を抱えたくなった。

長く騎士団の男社会で生きてきたジェラルドにとって、シャーロットは未知の存在だった。

彼女はジェラルドが知る令嬢達と違って、堅実すぎるほどに堅実で浮ついたところが少しもない。

王宮で恋愛遊戯を楽しむ娘達しか知らないジェラルドは、彼女にどう対処していいのかほとほと困り果てていた。

――こんなことで、本当にやっていけるのだろうか？

くしくも、二人は全く同時に全く同じ悩みを抱いていたのだった。

ジェラルドは目覚めると、既に夜は明けていた。

身体の節々《ふしぶし》が痛む。

馬車の荷台に用意された即席の寝台は、彼には狭すぎるのだ。

それでも彼は、この生活に慣れなければいければばと気を取り直して外に出た。

太陽はすっかり空に昇っている。

森を抜ける風は気持ちよかった。

湖には絶えず霧がかかっているのでその先は見通せないが、木立に差し込む光は優しく、鳥のさえずりがまるで音楽のようだ。

人を寄せ付けない北の森の中は、予想以上に穏やかで美しかった。

「あ、ジェラルドさん。おはようございます」

シャーロットの声に振り返ると、そこにはぼろい服を着て、髪と口に布を巻いた彼女が立っていた。

ジェラルドはぎょっとする。

声をかけられなければ、一目では彼女だと判断できないところだった。

――まあ、この森にいる人間はジェラルドと彼女だけなのだが。

「その、格好は？」

おそるおそる尋ねると、シャーロットは唯一外に出ている目を大きく見開いた。

春の空の、霞むような青色だ。

年齢より幼く見えるそれに、ジェラルドは戸惑った。

「ああ、掃除をしているんです。狭い家ですけど、せめても殿下をお招きできるようにと思って」

「ジェラルド、です」

「あ……ジェラルド、さん」

ジェラルドは一晩かけて、シャーロットが自分を『殿下』と呼ばないよう何度もこの訂正を繰り返さなければならなかった。

一夜明けて、やはり少しでも油断すると『殿下』が出てくるらしい。

今はまだいいが、もし万が一森に侵入者があった際、自分が王族だと知れたら面倒なことになるかもしれない。

そのためには、少し無理をしてでも早めに呼び名を改めさせなければ——朝から腕組みをして、ジェラルドは今後やるべきことの項目にその一行を書き加えた。

「では、なにか私にお手伝いできることは？」

ジェラルドが尋ねると、シャーロットは再び目を丸くする。

零れ落ちてしまいそうだなと、そんなどうでもいい考えがジェラルドの脳裏を過ぎった。

「そんな！　とんでもないです。ジェラルドさんに掃除を手伝わせるだなんて……」

「お気遣いなく。騎士団では模擬の夜営なども行いますから、一通りのことはできますよ。それに、なにもしないでいては身体がなまってしまう」

「しかし……」

二人で話していると、ジェラルドがシャーロットを苛《いじ》めていると勘違いしたのか、慌てたラクスがパタパタと飛んできた。

彼はジェラルドを威嚇《いかく》するように飛び回り、シャーロットに手出しすれば容赦しないぞとでもいうように、その鋭い爪を剥き出しにしている。

「ちょっと、ラクス！」

シャーロットは背伸びをして、慌ててそんな息子を捕まえようとした。

しかし四方八方に縦横無尽《じゅうおうむじん》に飛ぶ竜は、シャーロットの手ではとても捕まえることができない。

ここで手を出せば、余計に関係が拗《こじ》れるだけだろう。

そう判断したジェラルドは、噛まれる覚悟で左腕を差し出した。

ラクスを城に連行する際、彼の部下が誤って彼を傷つけたことがあった。

故意ではなく傷も軽いものだったが、それだけでも竜を警戒させるには十分だ。

ジェラルドは、早めに関係を改善する必要があると感じた。

そのためには、多少の傷は厭《いと》わないとも。

しかし右腕は、有事のために残しておかなくてはならない。

ということで、左腕を差し出すというのは彼なりの譲歩《じょうほ》と謝罪の気持ちだったのだ。

しかしそんな事情など知らないラクスは、腕を出したまま身動《みじろ》ぎ一つしないジェラルドに首を傾げていた。

その隙に、背後からシャーロットがラクスを捕獲する。

母親の腕に抱かれると、三歳の竜は途端に大人しくなった。

今は甘えるように、シャーロットのミルク色の頬に頬擦りしている。

「ジェラルドさん、危ないからああいう時は逃げてください！」

「逃げて下手に刺激すれば、ラクスが余計に興奮するだけでしょう。それに以前、私どもが彼を傷つけてしまったことがありましたから、傷つけたままではフェアではないと感じました」

「フェアではないなんて……じゃあもしラクスが手を出したら、大人しく傷つけられるおつもりだったんですか？」

「場合によっては。目や右腕などは剣を振るうのに支障があるので困りますが、そうでなければいずれは治ります」

いくら王弟だろうが団長だろうが、騎士である限りは生傷を作る機会など無数にある。

ジェラルドはそれを恐れないし、厭わない。

それは、己の無事よりも任務の成就《じょうじゅ》こそ、騎士の本分と考えるからだ。

しかし、こう言えば通常の令嬢は「勇敢ですのね」や「頼もしいですわ」と言うはずが、シャーロットは違った。

「なに馬鹿なこと言ってるんですか！　どんな場合でも傷なんか作らないに越したことはないんです！　小さな傷から大きな病を得ることだってあるのですよ⁉」

シャーロットの大声に、今度はジェラルドが目を丸くする番だった。

頬擦りをしていたラクスですら、驚いて彼女の腕から飛び出してしまっている。

「あ、ごめんねラクス。あなたを怒ったわけじゃないの」

彼女は息子の頭を撫でながら、言った。

「もう二度と、そんなこと言わないでください。自分も守れない方に、守っていただこうなどとは思いません」

シャーロットのあまりにも強い眼差しに、ジェラルドは思わず目を伏せた。

彼女は一見おっとりとした控え目な少女に見えるがその実、芯が強く納得のいかないことは決して引かない。

――これから彼女と、平和的にやっていけるだろうか？

一抹の不安を抱きながら、ジェラルドは助けを求めるように空を見上げた。

＊＊＊

平穏な昼下がり。

簡単な準備運動の後、ジェラルドは勝手に薪《まき》割りを始めた。

山小屋の裏手に積みあげられた薪を見つけ、その残りが少なくなっていたからだ。

ジェラルドはシャーロットの、白くて小さな手を思い出した。

――ラクスが生まれてからの三年間、彼女は自分で薪割りをして、生活に必要な全ての物を己で補ってきたのだろうか？

ジェラルドはなんともいえない気持ちになった。

太く重い斧《おの》の柄が、血と汗で黒ずんでいたからだ。

無心に薪を割っていると、時間は飛ぶように過ぎた。

頬を撫でる風が心地よい。

斧を振り下ろすたび、カンッという小気味良い音と一緒に、割れた薪が増えていく。

ジェラルドはそれを、適当に隙間を空けて積みあげた。

薪を乾燥させるためだ。

薪に水分が残っていると、燃えが悪くなる。

「なにをなさっているのですか？」

作業をちょうど終えかけた頃、シャーロットがやってきた。

彼女は困ったように、ジェラルドが広げた薪を見下ろしている。

「勝手をして申し訳ない。まずかっただろうか？」

敬語をなくしたのは、殿下に敬語を使わせるなんてとシャーロットが嫌がったからだ。

その代わりシャーロットは殿下呼びをやめるということで、なんとか折り合いがついた。

「いいえ！　とても助かります。でもジェラルドさんにこんなことをしていただくなんて……」

「気にするな。私が勝手にしたことだ」

「ですが、殿下に薪を割っていただくなど……」

「ジェラルドだ。なら私に、日がな一日寝て暮らせというのか？　それでは身体がなまってしまう。頼むから私に仕事をさせてほしい」

シャーロットは困った顔をした。

朝と違い、彼女は質素だが小綺麗な服に着替えて、キャラメル色の髪を緩く一つに結わえている。口布も頭巾も今はない。

掃除とやらが終わったのだろう。

そして彼女の身体からはなにか、食欲をそそる匂いがする。

おそらくは、昼食のためにジェラルドを呼びに来たのだろう。

「では、これでどうだろう？　私が薪割りなどの力仕事を請け負うから、君がその薪を使って私の食事を用意するというのは？」

「そんなことしていただかなくても、お食事の用意はさせていただきます。その、質素で申し訳ないですけれど……」

彼女は恥じらうようにスカートを握った。

ジェラルドを怒鳴りつけたと思ったら、急にこんな年端のいかない少女のような仕草をすることもある。

これで結婚も出産も経験しているというのだから、ジェラルドが彼女の扱いに困るのは当然だ。

「なにもせず食事だけしていたら、それこそぶくぶくに太って使い物にならなくなってしまう。君は私を太った怠《なま》け者にしたいのか？」

「そ、そんなつもりじゃ！　……わかりました。では殿下がご都合のよろしい時にだけ、薪割りをお願いすることにします」

「ジェラルド、だ」

「ジェラルドさんが、です」

「よろしい。それで、私になにか用があってきたのでは？」

「あ、そうだ、ご昼食などいかがですか？　大したものはご用意できませんでしたが……」

「よし、頂こう。身体を動かしたのでお腹がペコペコだ」

そうして二人は、連れだって小屋の中に入った。

朝からの掃除の成果だろう。

狭い山小屋の中は綺麗に掃除され、どこもかしこも几帳面《きちょうめん》に整えられている。

小さなテーブルにはテーブルクロスが敷かれ、その上には所狭しと料理が並んでいた。

新鮮なハーブのサラダや、魚の香草焼き。根菜のピクルスに、切り分けられたハードパンには、たっぷりのナッツが詰まっていた。

豪勢ではないが、山の中での食事としては贅沢《ぜいたく》すぎるほどだ。

ジェラルドは驚くのと同時に、心苦しくなった。

この調子で毎日食材を消費していけば、シャーロットの食糧庫はあっという間に空《から》になってしまうことだろう。

「本当に、気を遣わないでくれ。さっき食事を用意してほしいとは言ったが、毎日こんな……」

「そんな、本当に大したことないんです。魚やお肉はラクスが取ってきてくれるし、この森は薬草が豊富なので。それに、パンやお野菜はたまに街に出て買ってくるんです。薬草を売ったお金で」

「そういえば、君はこの森の薬草をお菓子に加工して街の薬草売りに卸しているのだったな。北の魔女のお菓子ということで、城下では取り合いになっていたが」

「やだ、確かに薬草を子供でも食べやすいクッキーや飴に加工して街に持っていってますけど、だからって魔女だなんて……」

「だが、街に来る時は常にローブ姿だと聞いたが？　それでは、魔女だと思われても仕方ないだろう。薬草の扱いに長《た》けた黒ずくめの女。あとは箒《ほうき》で空を飛べば我々の知る魔女の完成だ」

「箒はお掃除にしか使いません。じゃあ、ジェラルドさんがお探しだった北の森の魔女は、私のことだったんですね。私、なにも知らなくて……」

シャーロットは困った顔をした。

どうやら本気で、自分が魔女と呼ばれているなどとは夢にも思わなかったようだ。

ここまでくるとある種お見事というか、しかし彼女の人となりを知れば、仕方ないとも思える。

竜を守るために嘘をついたのだろうと思っていたジェラルドは、その認識を改めた。

「では、冷める前に頂くとしよう」

「はい。どうぞ召しあがれ」

そんな二人を横目に、ラクスははむはむとなにかの骨をしゃぶっている。

そうしてジェラルドの森の生活の一日目は、穏やかに過ぎていった。

＊＊＊

「意地悪ですのね」

マリエッタは、国王の寛《くつろ》ぐカウチにそっと手を置いた。

白く滑《すべ》らかな、白魚《しらうお》のような手だ。

国王はその手を取ると、慣れた仕草で口づけた。

「なんのことかな？　我が妃よ」

「ジェラルドのことですわ。なにも知らせずに森へ送り出すだなんて」

「あいつは、少し潔癖すぎる。これから俺がやることを知ったら、間違いなく反対するだろう？」

「それはそうですけど……」

王妃は苦笑した。

普段は堂々とした態度を崩さない夫が、まるで彼女を窺うようにこちらを見上げていたからだ。

その顔は、悪戯《いたずら》が見つかった時の彼の息子にそっくりだった。

「先代の公爵が、己の一族の秘密を娘に伝える前に他界なさったのは、シャーロットにとっても我々にとっても非常に不幸な出来事だった」

「ええ。おかげで貧窮《ひんきゅう》した男爵家は、シャーロットが竜を産む可能性があるなどとは思いもよらず、彼女を嫁に出してしまった」

「人の口に戸は立てられない。アニス商会は必死に隠しているが、我が国に潜む隠密《おんみつ》のうち、竜が生まれたというニュースを持ち帰った者は少なくないだろう」

「特に南方にあるテュルク帝国は、国土の半分を砂漠が占める灼熱《しゃくねつ》の国。水を産むファーヴニルならば、きっと喉から手が出るほど欲しいでしょうね」

王家を補佐する宰相家に生まれたマリエッタは、女でありながら政治に明るく聡明な女性だった。

二人は、共犯者の微笑みを交わす。

「だからこそ、王都にシャーロット・アニスを名乗る女がいるのは僥倖《ぎょうこう》だった」

「ええ。アニス商会の、いっそ清々《すがすが》しいほどのえげつなさのお陰ですわね。わざわざ影武者を立てずに済みました」

「商会には今頃、どれほどの数の隠密が潜んでいることだろうな？　考えただけで笑えてくる」

「笑い事ではありませんわ。偽シャーロットの息子は、もう三十回も誘拐未遂に遭遇しているそうです。なんとかしてくれと、嘆願が来ていたでしょう」

「もちろん、護衛の兵士は派遣しているさ。守ろうとすればするほど、いい攪乱《かくらん》になる」

しかしふと、王妃の顔に一滴の不安が滲んだ。

「身代わりのお陰でこの三年、森に住むシャーロットには注目が集まりませんでした。本来ならそのままそっとしておくところだったのに、私の病が癒えてしまいましたもの。各国の王達は、今回のことで本物の竜の存在を確信したことでしょう」

心苦しそうに言う妃を、王はそっと抱き寄せた。

「それでも、私は君が助かってくれて嬉しいよ、それは息子も、そして我が国民も同じ思いだ」

「あなた……」

「過ぎてしまったことを悔やんでも仕方ない。問題は、今からなににどう取り組むかだ」

「そうね。言い伝えに従い、我々がファーヴニルを守らねば」

遠い目をして、王が呟く。

「百年に一度生まれ変わる竜か……。彼は果たして、我々を守る神となるか、それとも滅ぼす神となるのか」

「今は、二人を信じましょう。シャーロットとジェラルドを。我々には、我々にしかできない仕事があります」

「そのとおりだ」

夫婦の密やかな会話は、そのまま途切れた。

ファーヴニル王国の中でも、竜の秘密を知る者はごくわずか。

彼らの戦いは、もうずっと前から始まっていたのだ。

＊＊＊

木を切って丸太を集め、それを薪にして汗を流す。

それがジェラルドの日課になった。

これで沢山クッキーが焼けるわと、シャーロットは喜んだ。

今までは薪割りに労力を取られて、あまり沢山焼くことができなかったからだ。

薬売りからはすぐ売り切れてしまうので、ぜひもっと用意してほしいと再三の催促《さいそく》を受けていた。

「ジェラルドさん。薪を割る時、もう少し細かい物もいくらかお願いできますか？」

「了解した」

薪割り場までやってきたシャーロットの要望に、ジェラルドは生真面目に頷いた。

あれからひと月。

王弟のいる生活に、シャーロットもすっかり慣れた。

元々順応性が高い性格だ。でなければ竜を産んで平気でいられるはずがない。

それにはジェラルドも、少なからず驚いていた。

でもなにより驚いたのは、意外なほど森での生活を満喫している自分がいることだ。

毎日規則正しく寝起きし、シャーロットが作る森の恵みたっぷりの食事を摂る。

おかげでこのひと月で、すっかり肌艶《はだつや》がよくなったように感じた。

美容に頭を悩ませる淑女達は、森に来てこの生活をすればいい。冗談交じりにそんなことを考える程度には、彼はこの生活を気に入っていた。

「ギュアー、ギュアーアー」

シャーロットに甘えるように、ラクスが鳴く。

ラクスだけは、ジェラルドの存在に未だ慣れていないようだ。

というより、まだ認めていないとでもいうべきか。

シャーロットがジェラルドと話していると、いつも彼が間に入ってきて邪魔をする。

そうすると、思わず二人は笑ってしまうのだ。

まるで父親に嫉妬《しっと》する息子のようだと。

生まれてこの方、シャーロットを独り占めにし続けた竜は、思った以上に甘えん坊に育ってしまったらしい。

「少しは親離れさせるべきかしら？」

「まだ三歳だろう？　十分に甘えさせてやってくれ。私は構わないから」

そう言うジェラルドの顔には喜びが満ちていた。

彼はこの幼い竜の存在に、すっかり魅了されつつあった。

それはラクスの備える鋭い爪や牙に対してでなく、その美しさや愛らしい性格に対してだった。

生活を共にしていると、シャーロットがラクスを『息子』と言う意味がよくわかる。

ラクスはまるで本当の親子のようにシャーロットに甘えているし、シャーロットも世の愛情深い母親となんら変わるところがない。

――彼らを見ていると、こちらまで幸せな気持ちになる。けれどなぜか、ほんの少し胸が痛い。

ジェラルドの母親は、前国王の最後の愛妾《あいしょう》だった。

年老いてから産まれたジェラルドを、王はひどく愛した。

しかしそれとは逆に、母はジェラルドの存在を頑なに認めようとはしなかった。

ファーヴニル王国には変わった決まりがあって、それは夫のいる女性しか王の愛妾にはなれないというものだ。

おそらくは、産まれた子供をその夫との間の子供とし、無駄な後継者争いを招かないためのしきたりだと思われる。

慣例どおり、ジェラルドにも王とは別の父親がいた。

ジェラルドの両親は、貴族には珍しい恋愛結婚だった。

しかし妻が王に見初《みそ》められたことで、夫婦の関係は脆《もろ》くも崩れ去った。

王との間に生まれた子供を、母はまるで敵《かたき》のように憎んだ。彼女は毎日泣いて暮らした。しかしいくら泣いても、国王の寵愛《ちょうあい》は止《や》まなかった。

むしろその嘆き悲しむ表情こそが、王の執着《しゅうちゃく》を招いたのだ。

王宮には、彼女の表情を真似て眉を顰める女性が続出したという記録まで残っている。

結局、ジェラルドの母はいつまでも己の境遇を受け入れられないまま、失意のうちに亡くなった。


「だめよラクス！　骨を喉に詰まらせちゃうわよ！」

獲物の骨をしゃぶりながら飛ぶラクスを、シャーロットが注意する。

まるで言葉を理解するように骨を口から出したラクスだが、彼は名残惜《なごりお》しむように骨を抱えてぺろぺろと舐めた。

「飛びながらじゃなくて座ってかじりなさい。そしたらなんにも言わないから」

シャーロットがそう言うと、ラクスは喜び勇んで着陸し、草の上に座り込んだ。

そしてまるで子犬が戯《たわむ》れるように、大きな骨を噛んだりじゃれついてみたりを繰り返す。

「はは」

ジェラルドの顔には、思わず笑みが零れていた。

――シャーロットは強い。

彼女は竜を産んだという現実を受け入れ、どころかそれを楽しんですらいる。

婚家から追い出されたというのに、欠片《かけら》もラクスを恨んだりしていない。

――彼女のような母を持てて、ラクスは本当に幸せだな。

過去の自分を思い出しながら、ジェラルドは親子の触れ合いを見つめた。

人同士であっても、どうしてもわかり合えないのと同じように。

たとえ種族が違っても、こうしてわかり合えることはあるのだ。

ジェラルドは幸せな気持ちで、シャーロットが望む細かい薪を作り始めた。

第六話◆懲りない人達

「街に行く、だって？」

朝食の席で何気なくシャーロットが今日の予定を話すと、向かい合って座るジェラルドは信じられないという顔をした。

その反応を予想していなかったのか、シャーロットは驚いたように肩をすくめる。

「君は、自分達が狙われているかもしれないという自覚があるのか？　兄上はこの森でラクスを外敵から守るようにとおっしゃったんだぞ？」

怒るのではなく、まるで子供を宥めるようにジェラルドは言った。

「でも、街に行かなければ食糧を調達できません。野菜なんかは野生だったり、私が育てた物もありますけど、流石に小麦粉や調味料は市場へ行かないと……」

びくびくと上目遣《うわめづか》いでシャーロットが説明すると、ジェラルドはフォークを置いて黙り込む。

そしてようやく口を開いたかと思ったら、出てきたのは深い悔恨《かいこん》を感じさせる声音だった。

「そうか……自分で食べておいて、君を責められる立場ではなかったな」

その姿がまるで叱られた大型犬のように見えて、シャーロットは慌てて否定する。

「いいえ！　ジェラルドさんには薪割りを手伝っていただいてますし、これぐらい当然です！　それに、一人だと食事は寂しいですもの。ジェラルドさんがいてくださって助かります」

するとハ今度はラクスが抗議するように飛んできて、口先でシャーロットの頭をつつく。

「あ、そういうわけじゃないのよ？　ラクスと二人が寂しかったわけじゃなくて……」

シャーロットは困ってしまった。

目の前には項垂《うなだ》れる大型犬。頭上には甘えん坊の我が子。

（まるで実家にいた時みたい。大変だけどなんだか嬉しいのはなぜかしら？）

思わず、顔が微笑んでしまう。

──煩《わずら》わされることが嬉しい。

そんな幸せも世の中にはあるのだ。

「しかし、私が持ってきた食糧もあるだろう？」

なにか策はないかと、ジェラルドが生真面目な顔で言う。

「確かにいくらかは保つでしょうけれど、だからといってこれから何年も森に籠もるというわけにはまいりません。それに、私の薬草を待っていてくださる方が街にはいらっしゃるので……」

確かに、ジェラルドの言い分もわかる。

けれど街の子供が、シャーロットの焼いたクッキーを喜んで食べていると聞けば、もっと沢山持っていきたいと思ってしまうのが人情だ。ジェラルドが薪割りを手伝ってくれるおかげで、以前よりも沢山作れるようになったのだから尚更。

既に用意の終わった籠には、山盛りのクッキーと飴、それに朝摘んだばかりの薬草がぎゅうぎゅうに詰められている。

「確かに君の薬草がなければ、困る者もいるだろう……」

ジェラルドが腕を組む。

騎士の鎧をまとっていなくても、そうしていると近寄りがたい威厳のようなものが感じられた。

彼は悩ましげに、シャーロットとラクスを交互に見つめた。

おそらくは、どちらを守ることを優先すべきかということだろう。

それに気付いたシャーロットは、自信ありげにそれを取り出した。

「大丈夫です。私にはこれがあります！」

彼女が広げたのは、黒いローブだった。

少し色が褪《あ》せて、深紫のようになってしまってはいるが。

「それは、初めて会った時のローブだろう？」

「はい！　街へ行く時には必ずこれを着ていくので、心配ありませんわ」

ジェラルドは呆気にとられた。

見たところ、そのローブはただのローブだ。

たとえば人から見えなくなるとか、そんな特殊な効果は欠片もありそうになかった。

「ええと、なぜ心配ないのか、聞いてもいいか？」

「なぜって、だって顔が隠れますし、今までだって、これを着ていて危険な目に遭ったことなんて、一度もなかったですよ？」

それは、むしろその怪しさを警戒して誰も近づかなかっただけでは？

ジェラルドは、喉元まで出かかったその言葉を呑み込んだ。

シャーロットが彼を見上げる表情は、悲しいぐらいに無邪気そのものだ。

彼は大きなため息をついた。

「わかった。とりあえず、今日のところはラクスと留守番をしておく」

優先すべきは竜だろう。

そう考えての判断だった。

ラクスはといえば、「こいつと？」とでも言いたげに、不機嫌そうに長いしっぽをうねらせる。

「はい！　お留守番よろしくお願いします」

はじけるような笑顔で、シャーロットは言った。

薬草を売りにいきたいという目的もそうだが、街での買い物自体が楽しみで仕方ないのだろう。

そんなシャーロットに、ジェラルドも仕方ないなという風に苦笑で返す。

――後にジェラルドは、この判断を深く後悔することになるのだが。

＊＊＊

王都へ続く道は、それほど長い道のりではない。

元々森の近くから始まった国だけあって、森を出ればすぐそこに王都を囲む城壁が見える。

壁に沿ってしばらく歩くと、そこにあるのは検問所だ。

特に戦時中ではないので、検問所でのチェックはそれほど厳しいものではない。

番をしている兵士達は、シャーロットを見ると快く街の中に入れてくれた。

その動きがどこかぎくしゃくしている気もしたが、彼女はたいして気にもしない。

実は国王から魔女を今までと同じように扱うようお達しが出ていたのだが、そんなことシャーロットは知る由《よし》もなかった。

彼女はそのまま、馴染みの薬草売りの店に足を進める。

持ってきたクッキーや薬草を売って、それをお金に代えるためだ。

お金がなければ、小麦粉も砂糖も買うことができない。

薬草売りの店は、薬草にかかわる店が並ぶマッグウィルト通りの少し奥まった場所にある。

赤茶色の煉瓦《れんが》が積まれたしっかりとした造りで、表には薬学のシンボルであるアスクレピオスの杖を象った鉄の看板が吊り下げられている。

木でできた重い扉を開くと、中から乾燥した薬草の匂いがした。

シャーロットはこの匂いが大好きだ。

少し苦いが、太陽をたっぷり浴びた乾いた干し草のような匂い。

「こんにちは」

声をかけると、奥から店主がやってきた。

のっそのっそという効果音が似合いの大男だ。

その姿は、薬草売りというにはあまりにも厳つい。

傭兵《ようへい》か、或いは冒険者だと言われた方がまだ納得できただろう。

頭髪は少し寂しいが、口髭をたっぷりと蓄えた顔は歴戦の勇者にしか見えない。

そしてなにより目を引くのが、左目の大きな傷だ。

既に癒えているとはいえ、瞼の上を縦断しているその傷が視力を奪っているのは間違いなかった。

「おう北の森の、よく来たな！　城に連行されたと聞いたが、大丈夫だったか？」

名前を名乗るわけにはいかないので、最初に北の森から来たと言って以来、シャーロットはここではこう呼ばれている。

男はそのいかつい顔を和らげ、心配そうな顔をした。

「大丈夫。ご心配をおかけしました」

しかしシャーロットが丁寧《ていねい》に否定すると、彼はにっかりと笑った。そうすると一気に、人好きのする商売人の顔になる。

「前に売ってもらった薬も、すぐに売り切れちまって困ってたんだ。どこよりも高く買ってやるから、今日もあるだけ買わせてもらうぞ！」

シャーロットはローブの下でくすりと笑った。

この店主との付き合いは、街に薬草を売りに来てすぐからだからもう二年程になる。

シャーロットは、その日のことを思い出した。

二年前、ローブをまとった怪しい少女の薬草を買ってくれる商人は、どこにもいなかった。

扱う商品が命にかかわるものであることから、薬草売りは信頼のおける相手としか取引をしない。

北の森の薬草だと言えば、なにを馬鹿なと返される。

誰もが、あの森に入れるはずがないと、胡乱《うろん》な目でシャーロットを見た。

（薬草をお金に代えようだなんて、所詮は無理だったのかな――）

シャーロットは途方に暮れた。

マッグウィルト通りに面した店には全て断られ、持ってきた薬草も、少し草臥《くたび》れかけている。

そんな時だ。ひっそりとした路地裏に掛けられた、アスクレピオスの杖の看板に気付いたのは。

ダメで元々と、彼女は木でできたその扉をノックした。

中に入って驚いた。だってそこにいたのは、傭兵のように厳つい熊のような大男だったからだ。

以前のシャーロットだったら、萎縮《いしゅく》して逃げ出していたかもしれない。それほどまでに、店主の迫力は凄《すさ》まじいものだった。

彼は筋骨隆々《きんこつりゅうりゅう》の腕を組み、じっとシャーロットを見下ろしていた。

震える足を、彼女は叱咤する。

（私はラクスのお母さんなんだから、こんなことで怖がってなんかいられない！）

店主に懸命に薬草の種類を伝え、どんなに安くてもいいから、どうか買い取ってもらえないだろうかと訴えた。

男はレンズだけのルーペを取り出し、シャーロットの持ってきた薬草を丹念に調べていく。

息をするのも躊躇われるような沈黙が続いた。

「……わかった。じゃあこれはうちで引き取ろう」

重々しい言葉を、最初シャーロットは聞き間違いかと思った。

だってその日はもう十回以上、「買い取れない」という言葉を聞いていたのだ。

見上げれば、大男が穏やかな笑みを浮かべていた。

「少し時間は経っているが、物はいいし採取の仕方も正確だ。次もうちに売りに来てくれよ」

その言葉が、シャーロットを勇気づけた。

彼女が今日まで薬草売りを続けられているのも、この店主あってのことだ。

彼がいなければ今日までの生活はなかったと、彼女は店主に深く感謝していた。

「おお、クッキーの量が増えてるな。前は人手がなくて、大量には作れないと言ってなかったか？」

籠の中を物色していた店主に話しかけられ、シャーロットの意識は急速に現実に引き戻される。

「あ、ああ。そうなんですけど、薪割りを手伝ってくださる方がいて、その分までクッキーづくりができるようになったので」

彼女は器用に薪割りをするジェラルドの姿を思い出し、微笑ましい気持ちになった。

王弟という地位を持つ彼が、薪割りをしている時はなぜか随分と楽しそうだ。

最初は彼の申し出を渋ったシャーロットだったが、毎日上機嫌に薪割りを始めるジェラルドを見ていると、とてもやめてくれとは言えなくなってしまった。

今では、朝から響く薪割りのカッカッという乾いた音が、シャーロットの朝食づくりには欠かせなくなっている。

その表情を見た店主は、釣られるように微笑んだ。

「ついにあんたにもいい人ができたのか⁉　今日はお祝いに、めいっぱい色を付けてやるからな！」

「え⁉　いえちょっとそういうわけじゃ……」

張り切って硬貨を用意する店主に、シャーロットは慌てて否定した。

しかし結局は押し切られ、彼女はいつもより重い革袋を手に、その店を後にしたのだった。

シャーロットは動揺していた。

薬草売りの店主が、シャーロットの同居人を夫、或いは恋人だと勘違いしたせいだ。

十四で愛のない結婚をして、十六で竜の子供を産んだ彼女は、そういった色事とは無縁だった。

たった一度の恋をしたこともない。

だからだろうか。動揺のあまり、フードを深く被ることを忘れてしまった。

市場では、小麦粉と砂糖、その他の調味料を買った。

シャーロットはご機嫌だった。

質のいいハチミツを一ビン、相場よりも安く買うことができたからだ。

このハチミツで、大好きなハチミツケーキを焼こう。

たっぷりのハチミツに、塩気のあるバター。濃厚な卵。

きっと、ほっぺたが落ちるぐらいおいしいに違いない。

（ジェラルド様は、食べてくださるかしら？）

『ジェラルドさん』呼びを強要されていても、やっぱり〝様〟をつけてしまうシャーロットである。

向かい合わせの食卓が嬉しくて、ついつい作りすぎてしまう料理をいつも完食してくれる優しい王弟殿下。

初めは彼を恐いと感じたシャーロットだったが、不思議と今ではちっともそうは思わなかった。

むしろ頼り甲斐があり、公平で優しい。

そのしかつめらしい彼の内側にあるものが、シャーロットにはふんわりと優しく尊いもののように思えるのだ。

（甘い物は、お嫌いではないよね？　いつもデザートだって残さず食べてくださるし……。でもなにを食べる時でも眉間に皺を寄せてらっしゃるから、本当は料理がお口に合わないのを言い出せずにいるだけかも？）

ジェラルドとの食事をお思い出しながら、シャーロットは上《うわ》の空になっていた。

買い物用の籠が大きかったのもいけなかった。

その日は、特に張り切って大量の買い物をしてしまったのだ。

だから荷物が重くて、ふらふらしていたというのもあっただろう。

ドンッ
誰かの肩にぶつかって、シャーロットの身体が揺らいだ。

バランスが取れなくて、思わずその場に膝をつく。

その拍子に、籠からハチミツのビンが飛び出してしまった。

ころころころころ、ビンは道を転がっていってしまう。

「ま、待って！」

行き交う人の間を掻き分け、シャーロットはハチミツのビンを追った。

ハチミツケーキを焼くためのハチミツ。

露店で味見をさせてもらって、随分悩んで決めたハチミツだ。

それはシャーロットにとって決して安くはない出費で、だけど懐《ふところ》は温かかったし、なによりラクスとジェラルドを喜ばせたくて買ったハチミツだった。

坂道でもないのに、ハチミツはどこまでも転がっていく。

必死でそれを追うシャーロットは、右の道から凄い勢いで走ってくる馬車に気付かなかった。

ヒヒーン！　ギイギイ　キャー！　バリン‼

馬車に繋がれた二頭の馬が嘶《いなな》く。

車輪のきしむ音。シャーロットの悲鳴。

そしてハチミツのビンが、馬車に踏まれて無残に割れる音。

ロープが完全に外れて、キャラメル色の髪が散らばる。

太陽の眩しさに、ただただ目が眩んだ。

シャーロットは尻もちをついて、目をぱちくりとさせた。

なにが起こったのか、しばらくは理解できなかった。

目の前には大きな馬車の車輪があって、それに踏みつぶされていたのはもしかしたら自分だったかもしれない。そう気付いて、遅れて恐怖がやってきた。

手が震え、歯がガチガチと鳴った。

御者が、シャーロットに怒鳴りつける。

「危ないだろう！　大陸を股にかけるアニス商会の馬車だぞ‼」

シャーロットは、飛びあがるほど驚いた。

聞き覚えのある名前。よくよく見れば、その馬車にはよく見知った意匠《いしょう》が彫り込まれている。

それはシャーロットが受け継ぐはずの、ワラキア公爵家の紋章だった。

馬車の扉が開いて、赤い髪の女が顔を出す。

「なに考えてんのよ！　危ないじゃない」

周囲を、警戒するように屈強な男達がシャーロットを取り囲んだ。

雇われ傭兵だろうか？　彼らはそれぞれに、街中には不似合いな重々しい鎧を着こんでいる。

槍を向けられ、シャーロットは息を呑んだ。

「坊ちゃんを狙う者の一味か？」

問いかけは押し殺されていた。

浴びせられる眼差しは全て、鋭くシャーロットを射抜くようだ。

「な、なんのことですか……？」

尻もちをついたまま、シャーロットは尋ねる。

なにがどうなっているのかわからなかった。

確かに、走る馬車に飛び出してしまったシャーロットが悪い。

しかし、だからといって武装した男達に囲まれて、脅される理由などないはずだ。

「シラを切るな！」

「俺達の油断を誘おうって魂胆だろう。各自警戒を怠るな！」

隊長格らしい男が怒鳴る。

関わり合いになるまいと、街の人々はその場から足早に去っていく。

『また始まったぞ。シャーロット奥様の癇癪《かんしゃく》が』

『くわばらくわばら。金がなくて商人に輿入《こしい》れしても、気位《きぐらい》はお貴族様のまんまだよ』

風に乗って、こそこそ声の噂話が耳に届く。

自分の名前が悪く言われるのは、奪われた名前だとはいえ嫌な気分だ。

「あなたもしかして……っ」

御者の手を借りて馬車から降り立った女は、シャーロットとは似ても似つかない長身の女だ。

結いあげられ飾り付けられた燃えるような赤毛と、吊りあがった目尻。そして昼間外を歩くには豪華すぎるドレスは、縫いつけられた宝石がキラキラと光を乱反射させる。

「誰か、この女を叩きのめしなさい！」

女は怒りに顔を歪《ゆが》め、シャーロットを指さした。

そしてその唇には、歪んだ笑みが乗っている。

「忌《い》まわしい。私の息子が狙われるのもなにもかも、この女のせいなんだから！」

喚《わめ》き散らす女を、傭兵達は鬱陶し気に見た。

しかし雇い主の命令を蔑《ないがし》ろにはできないと考えたのか、シャーロットは男達によって身柄が拘束《こうそく》されてしまう。

かたかたと、身体の震えがひどくなった。

わけもわからず、シャーロットは男達に引きずられていく。

「そんな……私はなにもっ」

シャーロットの悲痛な叫びに、誰も耳を貸そうとはしなかった。人々は顔を逸《そ》らしながら足早に立ち去る。

あとに残されたのは、大きな籠と割れたハチミツのビンだけ。

すっかり中身のこぼれたビンの欠片が、まるで涙のようにキラキラと光っていた。

＊＊＊

「遅いな……」

椅子に座りながら、ジェラルドは呟いた。

（やはり、一緒に行くべきだっただろうか？）

ちらりと竜の子供に視線を向ければ、彼は床板に座り込んで、上機嫌に動物の骨を噛んでいた。

ジェラルドは、はあとため息をつく。

自分が兄である国王に託されたのは、国の創生にかかわる竜、ファーヴニルだ。

だからその母であるシャーロットは、あくまで護衛対象の付属に過ぎない。

揃っていれば共に守るが、離れていれば優先順位はあくまで竜にある。

だから今更、森に残った判断を後悔したりはしないが、か弱い女性を一人で出かけさせてしまったという罪悪感が、ジェラルドの表情を曇らせた。

（せめて一人でも、この任務に部下を連れてくることができれば……）

そう思いながらも、それは無理だと即座にもう一人の自分が否定する。

竜の存在は機密事項だ。

たとえ信頼できる部下だろうと、安易に話せるものではない。

そしてジェラルドにとって、王の命令は絶対だ。

余計な思考は、組織をダメにする。

ファーヴニル王国は、短くない歴史の中でそれを学んだ。

頭がいくつもある獣は滅ぶしかない。

だからジェラルドはいつだって、優秀な道具でいようと心掛けてきた。

それが国のためであり、ひいては自分を守ることに繋がるからだ。

前国王の愛妾の息子、そして現国王の弟。前国王に息子は二人きりだ。

国王の息子であるアルが立太子《りったいし》を済ませるまで、第一位という王位継承権は高すぎるほどに高い。

生まれた時から、その微妙な立場を生きてきた。

一歩間違えれば消されていただろうし、一歩間違えれば今頃玉座に座っているのは彼だっただろう。

ジェラルドはひたすら忠実に、国王への忠義を尽くすことでその二つの未来を回避してきた。

それはこれからも変わらない。

(だというのに――)

ジェラルドは頭を振った。

気が付けば、彼の脳裏にまだあどけない少女の笑顔が浮かぶ。

しっかり者なのにどこか抜けていて、その過酷な人生の割にちっともすれていない、まるで彼女自身が竜のように希少な少女だ。

任務に集中しなければと思うのに、気が付けば彼女のことを考えている。

帰りが遅いと不安に思い、できれば迎えにいきたいとすら思っている。

そんな自分に、ジェラルドは困惑した。

彼女とかかわって以来、ジェラルドはもう何度戸惑ったか知れない。

けれどそれは決して、不快な気持ちではないのだった。

「それにしても、遅いな……」

窓の外は曇りだしている。

ジェラルドはそれを見上げて、もう一度彼女の息子に目をやった。

なにかを感じ取ったのか、彼もジェラルドと同じように窓の外を見ている。

＊＊＊

（薄暗い部屋だ）

シャーロットはぼんやりと考えた。

かつては自分が使っていた部屋だが、窓のない部屋は相変わらず陰気な印象を受ける。

今は使う人間がいないのか、部屋は全体的に埃がかって霞んでいた。

狭くて息苦しい、シャーロットの城。

彼女はこの部屋が苦手だった。

（もう二度と、戻ることはないと思っていたのに……）

シャーロットは憂鬱な気分になった。

連行されたアニス邸は、あまりいい思い出のある場所ではない。

それに、帰りが遅れればラクスを心配させてしまう。

（賢い子だけれど、大人しく留守番してられるかしら？　それにジェラルド様だって――）

窓も時計もない部屋では、時間の感覚がさっぱり掴めない。

シャーロットは、ジェラルドの夕食が気がかりだった。

ラクスは自分で適当に獲物を捕まえてくるだろうが、ジェラルドは自分一人では夕食の用意などしないだろう。

彼が馬車に山積みにしてきた不味い保存食で、きっと夕食を終えてしまうはずだ。

なんとなく、シャーロットにはそれが耐え難かった。

本当はそんなことを言っている場合ではないのに、夕食どころか解放してもらえるかどうかもわからないのに、シャーロットはそんなことを考えていた。

息苦しい部屋で後ろ手に縛られどうしようもなく不安だが、ラクスやジェラルドのことを思うと不思議と不安が和らぐ。

それは、「きっと助けに来てくれるはず！」という期待から生まれるものではなかった。

ただ彼らのためには、きっと帰らなければいけないと思う。

「出ろ」

キイとドアが開いて、不愛想な男が顔を出した。

見覚えのある使用人の内の誰かではない。

室内にもかかわらず簡単な鎧を身に着けているので、恐らくは例のシャーロットが連れていた護衛のうちの一人だろう。

竜を生んだシャーロットのことを、アニス家の人々は一体どんな風に思っているか。

それをそのまま表しているかのように、無関心な態度に反して目には蔑《さげす》むような色を宿している。

シャーロットの心の柔らかい場所に、視線がちくちくと突き刺さる。

男は、縛め《いまし》を解く気はないようだ。

シャーロットは縛られたままで、不器用に立ちあがった。

「さっさとしろ！」

急《せ》かされて、シャーロットは足早に部屋を出る。

今から自分は一体どうなってしまうのか。

そんなことよりも、今は明日の朝食を考えて気を紛らわせるとしよう。

＊＊＊

「入れ」

背中を押されて、シャーロットはバランスを崩し倒れ込んだ。

シャーロットが使っていた部屋が、何個も入ってしまいそうなほど広い部屋だ。

没落貴族から借金のかたに取りあげたアニス邸の、国王を迎えたこともあるという立派な応接室。

長い毛足の絨毯は、西方の高地に暮らす民族が手間暇を惜しまずに刺繍したこの世に二つとないもの。さり気なく置かれた花瓶は新たな製法で作られた希少価値の高い品だし、置かれた家具は全て同じ職人によって作られた一点もので、精緻《せいち》な飾り彫りは他とは比べ物にならない。新たに手に入れようとすれば、少なくとも三年は待つ羽目になるだろう。

輿入れした際、掃除の際には特に気を付けるようにと、義母に叩き込まれた目利きの知識だ。

今では特に使い道もなく、この部屋に来るまでシャーロット自身も忘れかけていたものだが。

「全く。もう一度このとぼけた顔を見ることになるなんて……」

声を張りあげたのは、シャーロットに商人の嫁としての、いや使用人としての心得を叩き込んだ義母その人だった。

いっそ青ざめて見えるほど白い肌に、白髪の混じった銀髪。吊りあがった眦《まなじり》。

使用人達からはどんな失敗も見逃さないと恐れられ、商会の奉公人達からは帳簿の魔術師との異名をとる。

まあその異名がどういう意味なのか、シャーロットはよくわからなかったのだが。

部屋の中には四人の人物が立っていた。

一人は義母。そしてその隣に立つ義父。元は夫であったヒューバートに、シャーロットを名乗るその愛人。

自分をこの家から追い出した人々だ。

以前会った時にはひどく胸が痛んだ。だから再会したらさぞつらいだろうと思ったが、意外にそんなことはなかった。

シャーロットの脳裏に浮かんだのは、ただラクスのことだけだった。

ラクスが寂しがるから、早く帰りたい。

ただそれだけだった。

「君に聞かねばならんことがある」

義父は重苦しい声で言った。

「私達の孫……マークは、生まれた時からずっと何者かに命を狙われている」

「え……？」

そして予想もしていなかった言葉にシャーロットは驚いた。

「全部あんたのせいよ！　汚らわしいあんたの産んだ化け物のせい！　信じられない、可愛いマークを化け物と間違えるなんて‼」

シャーロットを名乗る女が、キーキーと叫ぶ。

彼女は騒ぎつかれて、ヒューバートに肩を預けた。

シャーロットの元夫は、その語気に驚きながらもその肩をそっと抱く。

（ああ、この人は愛する人にはこんな風に優しいんだ）

一刻《いっとき》は夫婦であったというのに、シャーロットはそんなことすら今になって知る自分が少しおかしかった。

手首を縛られて跪き、怒れる人々に囲まれるというのは、思った以上に苦痛だし恐ろしい。

けれど頭の隅はひどく冷静で、彼らになにを言われようと徹底的には打ちのめされない自信が彼女にはあった。

「ラクスは化け物なんかじゃありません。私の可愛い息子です」

断固として言い切るシャーロットに、女はいきり立った。

彼女は芝居がかった動作でシャーロットを指差し、そしてあざ笑う。

「なに寝ぼけたこと言ってるの。あんたは間違いなく化け物を産んだのよ！　そして夫にも愛されず、惨《みじ》めに放り出されたの。愛人に地位や名前まで奪われて、ふふ……惨めでしょ、泣いて赦《ゆる》しを請《こ》いなさいよ！」

「シャロン……」

困惑したように、ヒューバートが呟いた。

優しげな美男子の彼は、妻の激しい言動に手を焼いているらしい。

彼はちらりとシャーロットを一瞥《いちべつ》すると、慌てて視線を逸らした。

二年前、市場で再会した時と同じように。

「お義父様、お義母様、早くこの女とその化け物をどこへなりとも売り飛ばしてしまいましょ。そうすればマークが狙われることもなくなりますわ」

「そんな、やめて！」

「うるさいわね！　狙われてるのはあんた達なんだから、当然でしょ？　どこへなりとも行って、もう二度とファーヴニルに近づかないで」

シャーロットは、一瞬びくりとその名前に反応した。

シャロンから見れば国の名として言ったに過ぎないだろうが、それはシャーロットの愛息子の本当の名前でもある。

近づかないでと言われれば、じくりと胸が痛むのは当然だ。

たとえ相手に、そのつもりがなかったとしても。

「ラクスは……化け物なんかじゃありません。確かに、あなた方の息子さんが何者かに狙われているというのなら同情しますけど、それは私達には関係のないことではありませんか？」

気丈に言い放ったシャーロットに、シャロンはつかつかと歩み寄った。

そして手を振りあげ、頬を張る。

広い応接室に、ぴしゃりという破裂音が響き渡る。

シャーロットの頭は揺れた。

肩を怒らせたシャロンは、まるで全身で怒りを示すかのように肩をいからせていた。

「関係ないですって⁉　全部あんた達のせいに決まってるじゃないっ、それを……」

怒り冷めやらぬとでも言いたげに、シャロンはぶるぶると震えた。

そしてもう一度手を振りあげる。

今度は衝撃に備えて、シャーロットは目を閉じた。

（せめて、指輪をはずしてくれればいいのに）

じわじわと湧きあがる痛みを感じながら、シャーロットは他人事のようにそう思った。

結局この女は、シャーロットを見下してついでに八つ当たりがしたいだけなのだ。

衝動を我慢できない、まるで幼い子供のように。

肩で息をしてギラギラとシャーロットを睨みつける女は、以前街で会った時には気圧《けお》されるほどの美女だったが、今はその面影もない。

容姿は確かに美しく、纏《まと》うドレスも豪華な物なのに、なぜそう思うのだろう。

シャーロットはぼんやりと考えた。

「君は少し、落ち着きなさい」

家長である義父が、ようやく口を開いた。

彼は藁《わら》色の髭を蓄えた威厳ある風貌をしており、大抵の者が彼の前では萎縮してしまう。

怒りに我を忘れかけていたシャロンも、慌てて居住まいを正した。

一代でアニス商会を育てあげた男は、深いため息をついた。

「とにかく、君のお陰で我が家は大きな損害を受けた。アニス家で化け物が生まれたという風評被害や、その化け物を求めて孫が狙われるという実害がそれだ」

コツコツと、彼は手にしていた杖を床に打ち鳴らす。

足腰はかくしゃくとしているのに、杖を持ち歩くのは不手際のあった使用人を打ち据えるためだ。

シャーロットがまだこの家にいた頃、この家の使用人達は失敗を主人に知られることをなにより も恐れていた。だから失態がばれる前に、忽然《こつぜん》と姿を消す者すらいたほどだ。

ゴロゴロゴロ
その時、窓の外から巨大な唸り声のような音がした。

雷だ。

外が暗いので気付かなかったが、どうやら天気がよくないらしい。

(昼間はあんなに晴れていたのに)

全員の視線が、窓の外に向かった。

一筋の光が光っては消え、そのすぐ後に轟音《ごうおん》が襲い掛かる。

どうやら気付かない間に、雷雲はすぐ近くまできていたようだ。

蝋燭《ろうそく》で照らされた暗い室内を、時折強い光が駆逐《くちく》する。

「きゃっ」

恐れるように、シャロンがよろめいて夫に抱き着いた。

少し遅れて、ザ――――ッという強い雨音が耳に届く。

シャーロットは焦燥感を覚えた。

家に残してきたラクスが、気がかりだ。

雷を恐れるような子ではないが、それでもシャーロットの不在を心細く思っているに違いない。

（ジェラルド様がいるから、少しは安心だけれど……）

それでもと、シャーロットは義父をきっと睨んだ。

「あなた方は私にどうしろとおっしゃるのですか？　どうすれば解放していただけるのでしょう？」

「なっ！」

落ち着いてはいるが、声は動揺を隠しきれいていない。

刃向《はむ》かう様子を見せるシャーロットに、四人は驚きの表情を浮かべた。

この家にいた頃、シャーロットは常に物静かでどんな命令にも大人しく従っていたから。

「私が子供を産んだことで、この家の不利益を与えたというのなら謝罪いたします。二度と姿を見せるなとおっしゃるのならそうします。事実、今日までお会いすることはありませんでした。お義母さま。私が出ていく日、確かそうおっしゃいましたよね？」

突如話を振られ、彼女は信じられないと言う風に息を呑んだ。

「当たり前でしょう！　貴族の娘を娶《めと》るのに、こちらがどれだけ金を使ったと思っているの。なのに蓋を開けてみれば、夫の子供どころか人の子ですらないものを産むなんて！」

「確かに、私の実家を援助していただいたのは事実です。でも、それに見合うだけの価値をあなた方は手に入れたでしょう？」

「なにを――？」

「シャロンさんの乗っていた馬車には、公爵家の紋章が彫り込まれていました。私がいなくても、その紋章はあなた方に利益をもたらしたはずです。領地は森のみで名前だけの爵位ですが、なにより権威を欲しがっていたあなた方のお役には立ったのではないですか？」

シャーロットは毅然として言う。

「誰が私の名を名乗ろうと、公爵家の紋章を無断で使われようと、私は今までなにも言いませんでした。訴え出れば、国の保護は受けられたはずですがそうはしませんでした。ですからあなた方も、私達を放っておいては頂けませんか？　今すぐ返していただければ、今までどおりその件について国に訴え出たりはいたしません」

シャーロット以外の誰もが、信じられないものを見る目で彼女を見ていた。

十四でこの家に嫁いだ世間知らずのシャーロットは、もうそこにはいない。

そこにいるのは、息子を守るために強くなった気丈な一人の母親だった。

ゴロゴロ……ゴロゴロゴロゴロバッシャーンッ！

ひときわ大きな音がした。

まるで地面が割れたかのような轟音だ。

シャロンは飛びあがり、義母も身を竦《すく》ませた。

シャーロットと義父は、ただじっと睨み合う。

その時だった。

応接間の床を、巨大な揺れが襲ったのは。

「な、なんだ⁉」

ずっと無言でいたヒューバートが、慌てたようにたたらを踏む。

大きな破壊音と、みしみしという建物そのものが軋《きし》む音。

天井が壊れ、雨風が吹き込んだ。

「ばかな！」

義父が叫ぶ。

当然だ。貴族の使う建物は基本的に長期間の使用に耐えうるよう、堅牢《けんろう》に作られている。

それが強い雨風ぐらいで、崩れたりするはずがない。

義母は床に崩れ落ちて震え、シャロンは金切り声をあげて身体を丸める。

（一体、なにが起こったの⁉）

まだ揺れているような感覚に怯えながらも、シャーロットは立ちあがった。

激しい雨風が頬を打つ。

部屋の中は酷い有様だった。
ついさきほどまで天井を構成していた素材が、瓦礫《がれき》になって散乱している。
アニス商会が大陸中から集めた希少品も台無しだ。
刺繍の入った絨毯は水に濡れ、大きな花瓶は無残にも割れてしまっている。
崩れてきた天井で誰も生き埋めにならずに済んだのは、不幸中の幸いかもしれない。
「ギャ――――オ！」
その時だった。
雷や雨音に交じって、叫びのような轟音が襲い掛かる。
蝋燭の消えた真っ暗な室内で、シャーロットは必死に空に目を凝らした。
天井に開いた大穴は、おおよそ部屋の半分程の大きさだ。
次の瞬間、その穴を目に留まらぬ速さでなにか白いものが横切った。
「っ！」
シャーロットは息が詰まった。
（まさか……そんなはずっ！）
雨に濡れた目元を肩で拭い、必死になって目を凝らす。
白い塊は、旋回《せんかい》するように何度も建物の上を通過した。
それ自体が光っているのか、暗い嵐の中でもぼんやりと明るい。
真ん中が膨らんだ、楕円《だえん》のようなシルエット。

それが通過するたびに、ゴウッという音を伴って室内を強風が襲う。

その度にシャロンは悲鳴をあげ、人々はなすすべもなく地面に縫い付けられる。

「もうやめてっ、ラクス‼」

シャーロットは叫んだ。

息子の名前を読んだのは、半ば本能だ。

姿を確実に見えたわけではなく、そして見たとしてもそれは彼女の記憶の中の息子とは大きく異なっていた。

たとえるなら、そう――。

ラクスを産む前に夢に見た、オパール色の巨大な竜に似ている。

ただし、大きさは大人二人分ほどだろうか？　巨大というには随分と小さい。

目を凝らしても、その影を確実に捉えることはできなかった。

(ファーヴニル、なの？)

雨風に打たれながら見あげた空に、いたのは白い残像でしかない。

それでも息子だと思ったのは、もう直感と言うより他ない。

「ギャ――――！！！」

再び、雄叫《おたけ》びが木霊《こだま》する。

雷とも違う、吹き荒む風とも雨音とも違うそれは、明確な怒りの感情を感じさせた。

「やめて！　やめてったら！」

雄叫びは止まない。そして風雨も雷も。

強風に煽《あお》られ、天井の板が漆喰《しっくい》と一緒にどんどん剥がれていく。

流麗な装飾も天井画も、なにもかもが台無しだ。

今やアニス邸は、内部に小型の竜巻を招き入れたような惨事に見舞われていた。

また、白い影が通り過ぎる。

シャーロットは必死に叫んだが、激しい風雨に流されてしまい到底届きそうにない。

（あの子、苦しんでる……悲しんでる。まるで心が直接繋がってしまったみたい。私も胸が苦しくてたまらない）

シャーロットは肩を縮め、膝をついた。

それは今までにない感覚だった。

己のものではない感情が、心の中に流れ込んでくる。

あまりの衝撃に目を閉じると、そこにはあり得ない光景が広がった。

広がる街並み。それを頭上からものすごい勢いで滑空《かっくう》していく。

天井に大穴の開いた建物を見下ろす。

その穴の中で縮こまる己の姿を見つけた時、シャーロットは今見ているのが頭上を飛び回るラクスの視界であることに気が付いた。

伝わってくる。ラクスの混乱。

彼は激しい怒りを感じていた。そして同時に困惑している。

シャーロットは息子と同調して初めて、彼が使い慣れない己の力を持て余していると知った。

本当は今すぐシャーロットに飛びつきたいのに、大きくなってしまった身体をどうすれば元に戻せるのかわからず、苛立ちと恐怖を感じている。

（ラクス……）

己とシャーロットが同調していることに、ラクスは気付いていないようだった。

ただ彼は、巨大すぎる力を抑えることに必死なのだ。

もどかしさに身体を揺すり、風よりも速く壁すれすれをすり抜ける。

まるで水中をもがく魚のよう。

それは人が、死ぬまでに一度だって経験できないようなスピードだった。

「……け！　お………けっ！」

途切れ途切れに声が届く。

誰の声だろうかと、驚いてシャーロットは目を開けた。

しかしそこには、相変らず荒れ果てた部屋の様子が広がるばかり。

他の四人は部屋の隅に移動して、まるで置物のように小さく丸まっている。

シャーロットは訝しく思って、もう一度目を閉じた。

視界が切り替わる。

流れ込む混乱と苛立ち。

そして微かに感じる、背中の温もり。

きないようだ。
シャーロットはラクスの背中を確認したかったが、どうやら動きまでは自分の思うどおりにはで
（誰か、いるの？）

この身体はあくまでラクスのもの。

シャーロットにできるのは視界と感情を同調させて、彼の感じている痛みを知ることだけだった。

（情けない。母親なのに！　私がラクスを助けてあげなくちゃいけないのに！）

目を開いて、シャーロットは息を吐いた。

雨に打たれ続けた身体は、体温を奪われ震えが止まらない。

意識まで朦朧《もうろう》としてきた。それでも今倒れたりはできない。

（なにか、なにかないの⁉）

周囲を見回しても、当然解決法なんて見つかるわけがない。

しかしシャーロットは砕け散った花瓶の欠片を後ろ手で拾いあげ、その鋭いきっ先で手を縛めている縄《なわ》をどうにか切ることに成功した。

焦《あせ》った拍子に手首に少し傷ができてしまったが、今はそんなことかまってはいられない。

「ラクス！　おいで‼」

あらん限りの声で、シャーロットは叫んだ。

そして両手を広げる。

ラクスにおいでをする時のいつもの動作だ。

飛び込んでくる我が子を、抱きしめる時はいつも嬉しさが心に溢れた。

ちょうど上空を通過するところだった白い塊が、シャーロットめがけて突っ込んでくる。

その大人二人分はある大きな身体に、思わず逃げたくなる。

ぶつかれば無事では済まないだろう。

それでも。

「ラクスおいで！　あなたなら大丈夫——！」

なんのためらいもなく、シャーロットはラクスを信じた。

いや、たとえラクスにつっこまれて自分になにかあったとしても、今のラクスの悲しみを止められるのならそれでいいと思う。

それは判断ですらない。

シャーロットが本能的に選び出していた答えだった。

両手を更に大きく広げ、シャーロットはラクスを呼んだ。

黒い塊が、床に転がる。

なにが起こったかもわからないまま、シャーロットの意識は途切れてしまった。

第七話 ◆ 竜の覚醒

帰宅の遅れているシャーロットへの心配を紛らわせようと、ジェラルドが薪割りをしていると珍しくラクスが寄ってきた。

彼は物珍しそうに、ジェラルドの作業を見守っている。

目をくりっとさせて、首を傾げる姿は伝説の竜とは思えない程愛らしい。

ラクスを脅かしてはいけないので、ジェラルドは気付かないふりをしてそのまま作業を続けた。

しかし油断すると、口元が緩んでしまいそうになる。

まだジェラルドの存在に慣れていないラクスが、こうして自ら近寄ってくるなんて初めてのことだからだ。

「クゥルルゥ」

（シャーロットが帰ってきたら、教えてあげよう）

そう思って、ジェラルドは手を止めた。

そして街のある方角の空を見あげる。

太陽は少しずつ、その高度を落としていた。

その色も赤みを帯びて、もうすぐ地平の下へと隠れるだろう。

（迎えに……いや、入れ違いになるかもしれない）

シャーロットの帰宅が遅れるほどに、ジェラルドの懸念は増すばかりだ。

今も、完全に薪割りの手が止まっている。

（いくら慣れているとはいえ、夜に森を歩くのは危険すぎる。帰ってきたら、もっと早く帰宅した方がいいと忠告すべきか？）

薪割りを中断したジェラルドを、ラクスが見上げている。

しかし突然、なにかに気付いたように彼はジェラルドと同じ方角に顔を向けた。

それはつまり、街の方を見たということだ。

ラクスはそのまま、動かなくなった。

まるで耳を澄ませるように、じっと息を殺して空を見上げ続ける。

「ど、どうした？」

ジェラルドは思わず話しかけた。

言葉が通じないことはわかっていたがそれでも、その行動があまりにジェラルドの関心事と合致しているような気がしたからだ。

その時、森に風が吹いた。

いつものさわやかで守り包み込むような風ではない。まるで台風の前触れのような、不吉な湿り気を帯びた風だ。

おかしい――ジェラルドは訝しんだ。

なぜなら空には雲一つなく、湿度を帯びた風が吹くことなどあり得なかったからだ。

「ギャァァァァァァ！」

突然、ラクスが大声で鳴き始めた。

しかも一度ではない。何度も、まるで風と会話でもするかのように、何度も叫ぶ。

「なんだ……？」

戸惑うジェラルドの頬を、一粒の雨が叩く。

（馬鹿な！）

空を見あげれば、さきほどまで晴れ渡っていた空にものすごい勢いで暗雲が集まっていた。

それも、まるで森を中心としているかのような、とぐろを巻く不自然な集まり方だ。

一粒の雨はやがて豪雨となった。

ラクスは今も鳴き続けている。

そして吹き荒む突風。

ジェラルドはすぐに、立っているだけで精一杯になった。

前触れのない、突然の嵐だ。

びしょ濡れになったラクスに、変化が表れ始めた。

青い皮膚が白くぼんやりと光り始める。

そしてみるみるうちに、その身体が大きく膨らんだ。

「なっ！」

ラクスはあっという間に、見あげるほどの大きさに成長した。

ジェラルドは呆然と、そんな彼を見つめる。

身体は白い鱗に覆われ、まるでオパールのようにその内側で光が乱反射していた。顔は鋭利に尖り、横に大きく裂けた口からは立派な牙が覗く。

「グァァァァァァァァァァ！」

大地を揺るがすほどの雄叫び。

ラクスは翼を広げた。以前とは比べ物にならないほど大きな四枚羽。

その微かな羽ばたきで、太い足が地面から離れる。

竜は両翼で飛ぶのではない——ジェラルドは以前読んだ書物を思い出していた。

鱗が輝きを増す。

魔力を秘めたその鱗の力で、竜は飛ぶのだ。

「ま、待て！」

はっと我に返ったジェラルドは、慌ててラクスの身体に取りついた。

触れてみると、生えたばかりの鱗はまだ柔かい。

「どこへ行くつもりだ⁉」

尋ねても無駄。

頭のどこかで、冷静な自分の声がする。

しかしラクスはジェラルドの護衛対象。そして監視対象でもある。このままやすやすとおいて行かれるわけにはいかない。

彼は鍛えあげられた腕の力で、己の身体を竜の上に引きあげた。

ラクスは少しバランスを崩し、ジェラルドを振り落そうと翼を羽ばたかせる。

ジェラルドはその攻撃から逃れるように、ラクスの背に身体を倒した。そしてそのしなやかな首にしっかりと抱き着く。

そうしている間にもラクスは高度を増し、雨や風もどんどん強くなった。

嵐を切り裂くように、白い雷《いかずち》が走る。

ほんの一瞬で、ラクスは森を抜けた。

あまりの速度に、ジェラルドは声も出なかった。

下手に口を開ければ、舌を噛むだろう。

彼はただ歯を食いしばって、その巨体に取りついているので精いっぱいだった。

顔を無数の雨が叩き、目を空けていることすらできない。

風の音はまるで化け物の唸《うな》りのようだ。

ラクスはなぜかひどく焦っているように、ジェラルドには感じられた。

身体が大きくなって自在に飛び回っているというのに、ラクスはちっとも楽しそうではない。

(なにか、理由があるのか?)

ジェラルドは振り落されないように気を付けながら、その首筋をそっと撫でてやった。

小さかった頃とは違う。ざらざらとした手触り。

生えたばかりの柔らかい鱗は、激しい雨風にさらされたせいでポロポロと剥がれていく。

雨の中に、まるで勿忘草《わすれなぐさ》の花弁が散っているかのようだ。

「ラクス！　やめろ！」

ジェラルドは叫んだ。

このまま飛行を続ければ、ラクスの身体は鱗が剝げて血だらけになるだろう。

実際、その身体からは点々と血が滲みだしていた。

それでもラクスは止まらない。

どころか速度を上げたのか、向かい風はどんどん強まるばかりだった。

雨風に耐えて必死に目を開けていると、瞬《またた》く間に街が近づいてくる。

突然の雨に、慌てて鎧戸を閉める人々の姿が見えた。通りからは人気《ひとけ》がなくなり、まるで街全体が縮こまって嵐に耐えているようだ。

「ギュイィィィィィィ！」

ラクスは一際大きく鳴くと、一点めがけて急降下を始めた。

「やめろラクス！　このままじゃぶつかるぞ‼」

ジェラルドの必死の叫びにも、ラクスは耳を貸さない。

やがて彼は、頭から巨大な邸宅の天井に突っ込んだ。

まるで土砂《どしゃ》崩れのような轟音。

ジェラルドは一瞬、自分が瓦礫に埋まってしまったのかと思った。

しかしそうではなかった。

ラクスの周りには、ほんのりと膜のような光が浮かんでいる。

だからなのか、ラクスが頭や首を痛めた様子はないのに、ただ天井だけが無残に口を開けていた。

「なぜこんなことを……っ」

慌てて降りて巻き込まれた者がいないか確認しようとするが、その前にラクスが離陸してしまう。

そして彼は凄まじい勢いで、今度はその建物を旋回し始めた。

ジェラルドは遠心力と戦いながら、なにとかタイミングを見計らって天井の大穴を覗いた。

そしてそこに、一瞬だけ見覚えのある年恰好の少女がいることに気付く。

出掛けた時と同じ、黒のローブ姿。

緩く波打って広がるのは、キャラメル色の柔らかな髪だ。

その瞬間、ジェラルドは気が付いた。

この竜が、己の母を求めてここまで飛んできたのだということを。

目を細めて、シャーロットの様子を窺う。

彼女は後ろ手に縛られている様子で、もどかしそうに身体を揺らしていた。

屋敷の天井は襲い来る風雨で、残った部分すらも崩れてしまいそうだ。

「ラクス、シャーロットが！」

しかし、ジェラルドの叫びはラクスには届かない。

そうこうしている間に、建物の中のシャーロットが立ちあがり大きく両手を広げた。

まるでラクスを迎え入れるかのように。

幼い竜の子供は、母親を求めて飛んでいく。

速度を落とさず、まるで放たれた矢のように。

「やめろ、やめるんだ！」

ジェラルドは必死で叫び、ラクスの首筋を叩いた。

一度の体当たりで、建物の一部を壊すほどの威力があるのだ。小柄なシャーロットが受け止めきれるはずがない。

彼はこれから引き起こされるであろう惨劇を想像した。

無論、自分だって無事では済まないだろう。

しかしそれよりもこの幼い親子が、お互いに求めるあまり傷つきあうところを見たくなかった。

「こうなったら、一か八《ばち》か……っ」

急降下の最中、ジェラルドはその手をラクスに突き立てた。

五本の指が鱗の狭間《はざま》にめり込む。

「ギャァアアアアア！」

ラクスが呻《うめ》き、苦しげに空中をのたうった。

しかし構わず、ジェラルドは己の指先に神経を集中する。

すると指が突き刺さった傷から、血ではなく目の眩むような光が溢れ出した。

ジェラルドは素早く、低い声で呪文を紡ぐ。

それは王家にのみ伝わる、竜を使役《しえき》する術式だった。

おそらくは始祖《しそ》である初代シグルズが、己の子孫のために伝え残したもの。

しかしすっかり竜が姿を消した現代では、ジェラルドもただ知識として知っているのみだった。

（間に合え！）

ジェラルドは己の意志を全て、指先に込めた。

そしてシャーロットを押し潰さんとしていたラクスの身体の、その軌道をずらそうとした。

ドドーン!!　ガラガラガラ!!

その巨大な音を、家に籠もっていた人々は神の怒りだと恐れた。

知識のある人達は、雷がどこかに落ちたのだろうと笑った。

けれど本当は、そのどちらでもなかったのである――。

第八話◆新しい朝

シャーロットが目を覚ました時、雨はもう止んでいた。

そしてそこは瓦礫の山の中でも、山小屋のベッドの中でもなかった。

見覚えのある、贅沢な部屋。

さらさらとした絹のシーツ。そして大きな窓に嵌まった歪みのない玻璃《ガラス》。

どこだっただろうかと思い出そうとするシャーロットの耳に、高い少年の声が飛び込んできた。

「シャーロット、目が覚めたの⁉」

声のした方に視線を向けると、そこにいたのは立派な紳士の出《い》で立ちの、年若い少年だった。

蜂蜜色の目と髪が鮮やかな、あどけなさの残る優しい顔立ち。

「アレクシス殿下……」

シャーロットがその名を呼ぶと、少年は少しいじけたような顔をした。

「アルでいいよ。シャーロットはお母様の恩人だもの。おい、侍医を呼べ！　シャーロットが目を覚ました」

部屋の外から、誰かの返事が聞こえた。そして慌ただしく去っていく足音も。

「侍医の方を呼んでいただくなんてそんな……私は大丈夫ですから」

そう言って慌てて身体を起こそうとするが、身体は思いどおりにはならなかった。

アレクシスが、そんなシャーロットを押し止《とど》める。

「三日も寝てたんだ。無理に動かない方がいい」

「三日⁉」

思わず素《す》っ頓狂《とんきょう》な声を出し、シャーロットは目を丸くした。

けれど言われてみれば、確かに身体は経験したこともないようなだるさの中にある。

「一体なにが……そうだラクス。殿下、ラクスはどこにいるのですか？」

懲りずに起きあがろうとして、彼女は再び体勢を崩した。

アレクシスが器用にそれを支える。

しかし先ほどまでの恐縮してばかりだった頃とは打って変わって、シャーロットはまるで命綱を掴むようにアレクシスの両肩を掴んだ。

「殿下、ラクスは……っ」

どこか痛んだのか、シャーロットが顔を歪める。

呆気にとられていたアレクシスは、とりあえず彼女を落ち着かせようと口を開いた。

「竜なら無事だ！　だから落ち着いて……それ以上は身体に障る！」

その答えに、ガッチリと腕を掴んでいたシャーロットの手の力が抜けた。

その隙にアレクシスは、素早くシャーロットを寝かせ、枕の形を整えた。

「侍医をお連れしました」

ノックの後、折り目正しいメイドの声がする。

再びベッドに横たわりながら、シャーロットは侍医よりも窓の外ばかり見ていた。

(ラクス。ラクス。怪我はしてない? アニス邸はどうなったの? 三日の間に、一体なにが起こったの⁉)

知りたいことは沢山あったが、口を開けて中を見せろと言う侍医の指示に、シャーロットは大人しく従ったのだった。

＊＊＊

外は綺麗に晴れていた。

まだ寝ていた方がいいという侍医とアレクシスを押し切って、シャーロットは外に出た。

傍らにはまだ納得いかない顔の幼い王子が、それでもシャーロットの身体を気遣いながらエスコートしてくれている。

回廊から中庭に出ると、そこに見覚えのある背中と、そして大きな竜――ラクスが立っていた。

「ギュルゥゥ!」

こちらに気付いたラクスが、喜び勇んで飛んでくる。

シャーロットはその元気そうな姿にほっと安堵のため息を洩らしたが、ぎょっとしたのは隣にいたアレクシスだ。

――あの巨体に飛びつかれたら、ただでは済まない！

彼は慌てて逃げようとしたが、それを待たずラクスが弾丸のような速さで飛んできた。

「こら！　ちょっと待て！」

そんなラクスを押し止めたのは、ジェラルドだ。

彼が右手を宙に翳《かざ》すと、その五指から伸びる細い黄金の糸が見えた。糸はそれぞれラクスの両手両足、それに頭に繋がっているようだ。

しかしそれも一瞬のことで、糸はすぐに景色に溶けて見えなくなった。

金縛りのように身動きのできなくなったラクスが、唯一自由なしっぽをばたばたと振り回す。

「落ちつけ。今のお前が飛びついたら、シャーロットはただでは済まないんだぞ？」

ジェラルドが呆れたように言うと、ラクスは『そうなの？』とでも言いたげに首を傾げている。

その様子がどうしようもなく可愛くて、それにラクスが無事だということが嬉しくて嬉しくて、シャーロットは感情のコントロールが上手く利かなくなった。

彼女は身動きできずにいるラクスに駆け寄ると、自ら抱きしめた。

以前は腕の中に納まった竜は、今は背伸びをしないと首を抱くことができない。なにせジェラルドの倍近く大きいのだ。

ラクスが落ち着いたのを確認してから、ジェラルドは翳していた手を引いた。

すると身体の自由が戻ったのか、ラクスは短い手をシャーロットの身体に添えて、尻尾と長い首で彼女を抱きしめるように丸くなった。

「よかった……本当によかったっ」

シャーロットの声は涙で滲んでいる。

熱くなった頬に、ひんやりとした硬い鱗が心地いい。

ザリッと、土を踏む音がした。

振り向くと、そこにはひと月の間に見慣れた人物が立っていた。

「シャーロット……」

ジェラルドの声は低い。

シャーロットはラクスから身体を離すと、自分より頭二つ分は大きいその人を見上げた。

彼はいつも以上に怖い顔で、その口は固く引き結ばれていた。

一体どんなお叱りを受けるのかと、シャーロットは一瞬身構えてしまったほどだ。

それからしばらく、沈黙が続いた。

ジェラルドの目が真剣過ぎて、シャーロットは息苦しくなった。

思わず、大きなラクスの身体に縋りつく。

けれどジェラルドの口から飛び出したのは、思ってもみない言葉だった。

「すまなかった！」

ジェラルドの手はぎゅっと握りしめられ、その眉間には深く皺が寄っている。

けれど改めてみれば、その顔は必死でどこか悲しげだ。

「貴女の息子を、緊急事態とはいえ使役してしまった」

「使役、ですか？」

「さっきの糸を見ただろう。あれは王家に伝わる竜を意のままに操るための術なのだ。一生使うことはないと思っていたが、やむを得ずラクスにそれを……」

ジェラルドが言葉を切り、シャーロットも黙り込む。

二人の間に、気まずい沈黙が落ちた。

「クルゥ？」

ラクスは、どうしたの？　とでも言うように前足を揃えて首を傾げている。

「その術を解くことは……？」

「残念ながら無理だ。一生に一頭としか契約できない引き換えとして、竜は死ぬまで術者に使役される。君にしてみれば、納得できないことだろう。私も、今後できるだけラクスの自由は妨げないと誓う。ただし、今回のような有事の際は、その行動を押し止めることもあると思う。それだけは了解しておいてほしい」

「一生……」

シャーロットはラクスを見た。

彼はきょとんとした顔で、事の重大さなどなにも感じてはいないようだ。

そしてジェラルドに視線を移すと、その顔には明らかな苦悩が浮かんでいた。

（この人、慣れると結構、感情がわかりやすいんだな）

場違いにも、シャーロットはそんなことを考えた。

それは現実逃避だったのかもしれない。目が覚めたばかりに色々なことがありすぎて、彼女も混乱していたのだ。

ジェラルドから伝わってくるのは、後悔と悔恨。他にもっとよい方法があったのではないかと、自分を責めているのが手に取るようにわかった。

シャーロットは知らなかったが、それは彼女がラクスを通じて、その使役者であるジェラルドの感情までも無意識に読み取ってしまっていたからだ。

だから他の人間が見たら、相変わらずの不愛想だったのだが。

ふうと、シャーロットはため息をついた。

それは自分の緊張を緩和するためでもあるし、二人の間の気まずさを緩めるためでもあった。

「その一生というのは、あなたの一生ですか？　それともラクスの？」

シャーロットの質問に、ジェラルドは意味がわからないという顔をした。

彼女は言葉を続ける。

「陛下のお話では、ラクス――ファーヴニルは百年ごとに生まれ変わり、ずっと生き続けているというお話でした。その使役の効果というのは、ラクスが次に死ぬまでですか？　それとも、あなたが死ぬと終わるのですか？」

意図せず、声が低くなった。

なにかに気付いたように、ジェラルドの口元がピクリと緊張する。

「つっ……私の一生だ。私が死ねば、ラクスの使役は自然に解かれる」

〝それも止む無し〟

ジェラルドの思考が、再びラクスを通じて伝わってきた。

（意外にお人好しなのね）

ジェラルドはラクスを解放するために、自死すら厭《いと》わないと思っている。

シャーロットはため息をついた。

本当ならば彼はシャーロット達親子に、迷惑を掛けるなと怒鳴りつける権利があるはずだ。

だってアニス邸にとらわれたのはシャーロットの不注意で、そこに飛び込んできたラクスの行為も、彼が幼いせいで見境なく王都を危険に晒したのだから。

本当ならば、怒鳴りつけるだけではなく断罪だってできる。

それでなくても王の弟という地位があるのだから、本当はシャーロットを見張るなんて任務、やりたくなかっただろうに。

「なら、私と約束してください」

「なにを、だろうか？」

ジェラルドの顔から、緊張が伝わってくる。

「あなたが死ぬまでの時間の少しだけ貸してください。私とラクスは未熟で、まだ街の人達と共存するのは無理みたいです。それでもいつかラクスが人間と仲よくできるように、お力を貸していただけますか？」

今回のことで、シャーロットはそれを痛感した。
なにせラクスの見せた破壊力は、一瞬にして強固な屋根を吹き飛ばしたのだから。
それに、大きくなったラクスは、もう彼女の力だけでは抑えつけることができない。
これからラクスを育てていくには、ジェラルドの協力が不可欠なのだ。
(いいわよね？　ラクス)
そっとラクスの顔を窺うと、彼はぱたぱたと四枚の羽根を楽しそうに動かしている。
まるでラクスが同意してくれているようで、シャーロットはにこりと笑った。
「りょ、了解した……」
ジェラルドは驚いたように、目を丸くしている。
思った以上に、彼との付き合いは長いものになりそうだ。
シャーロットは彼に、そっと握手を求めた。
彼女の二倍もありそうな大きな手は、熱くてそして力強かった。

＊＊＊

ラクスによる暴走は結局、落雷の被害ということで処理された。
当日は天候も悪く、その姿を見た者もほとんどいなかったからだ。
それでも国王は用心のため、被害に遭ったアニス邸には落雷の跡があったと発表した。

部屋の隅で縮こまっていたアニス家の人々も、まるで化け物の唸りのようだったと話すにとどまり、その落雷説を信じた。

混乱に乗じて保護されたシャーロットは、彼女自身が森での生活を希望したため、森に戻されることになった。

つまりはなにもかも元どおり。

いいや、なにもかもとは、やっぱりいかなかった。

「シャーリー、無事だったのか！」

「病はもういいのか？　今回は災難だったな……」

王宮で休養を過ごす間、シャーロットには嬉しい客人があった。

それは騎士団に所属する、彼女の二人の兄弟だ。

どちらも引き締まった身体つきで、シャーロットより少し濃いカフェオレ色の髪に、淡いブルーの目をしている。

母親似の優美な美男子である次男のアーサーと、シャーロットの一つ下の弟のシリルだ。

「アニス家に尋ねていっても、いつも体調が優れないと追い返されていたんだ。街では悪い噂が広まっていたし……一体どういうことなんだ⁉」

「まあまあ、こうして元気な姿が見れたんだからよかったじゃないか。シャーリー、もう身体はいいのか？」

どうやら、アニスの義父はシャーロットの不在を誤魔化すため、彼女の実家であるヨハンソン男

爵家にはそのような説明で誤魔化していたらしい。

男爵家ではシャーロットを心配してやきもきしていたのだが、嫁に行った娘の立場を悪くするわけにはいかないと強く出られなかったのだ。もちろん、そこにはアニス家から金銭的な援助を受けているという弱みもある。

「アーサー兄様。シリル。心配してくれてありがとう。もう心配ないわ」

久しぶりの家族との再会に、シャーロットは目を潤《うる》ませた。

秘密が外に漏れないよう、ラクスは王家のプライベートスペースで保護されている。

シャーロットが今いるのは、パーティーの際に貴族が使用する応接室の内の一つだ。

ラクスはシャーロットについてきたがったが、ジェラルドにお願いして留め置いてもらった。

なにも知らない兄弟に、いきなり『この竜が私の息子なの』と言っても、いたずらに驚かせてしまうだけだからだ。

「もう帰ってこいよ。金のことなら、俺達がどうとでもしてやる」

ぶっきらぼうに言い放ったのは、弟のシリルだ。

結婚前、悪戯好きの彼はいつもシャーロットを困らせてばかりいた。

そのシリルの優しい言葉に、思わず涙が零れてしまいそうになる。

シリルやシャーロットの年齢の五年というのは、見た目を別人に変えてしまうほどの長い時間だ。

実際、彼はシャーロットの記憶にあるより背が伸びて、その顔からは甘さが抜けて頬は鋭く尖っていた。

(セドリック兄様とヘレナ姉様、アダムとアデルも元気かしら？　それに父様や母様も……)

一度思い出してしまえば、止まらなくなった。

一番上の兄であるセドリックを筆頭に、既に他家に嫁いだ長女のヘレナ。遊び人だが面倒見のいいアーサーに、シャーロットのすぐ下の弟シリル。そして双子の兄妹であるアダムとアデルは、シャーロットにとっておむつを替えてあげた実の子にも等しい存在だ。

貧しいが、仲のいい兄妹達。

離れて暮らす家族が思い出されて、胸が熱くなる。

黙り込んだシャーロットを心配して、アーサーがその肩にそっと手を置いた。

「シャーリー、心配しなくても大丈夫だ。五年で領地経営も上向きになったんだ。余計な心配はしないで、うちに帰っておいで……」

優しくそう言われると、こくりと頷いてしまいそうになる。

けれどぎゅっと手を握りしめて、シャーロットはその衝動に耐えた。

(でも、ラクスを連れて帰ったら、きっと家族に迷惑がかかる。ラクスは他国に狙われているんだもの。父様の領地じゃ守り切れない)

シャーロットは、可愛い息子のことを思い描いた。

彼と離れるという選択肢は、シャーロットの中にはないのだ。

ラクスが独り立ちするまで。できれば可愛い竜のお嫁さんが見つかるまで、シャーロットは彼と一緒に暮らすつもりだ。そしてラクスと暮らすなら、あの森から出ることはできない。

「……ありがとう二人とも。でも大丈夫。大切な息子がいて、幸せなのよ、私」

にっこりとほほ笑むシャーロットに、二人は言葉をなくした。

彼らにとっても、五年会わずにいたシャーロットはまるで別人のように見えた。

かすかに浮いていたソバカスは消えてなくなり、立ち居振る舞いにはしっとりとした優雅さがある。伸びた背筋はピンとして、もう冗談でも少女とは言えない。

離れている間に、彼女は立派な淑女になっていた。

「シャーリー……」

「でもっ、お前寂しくないのかよ！　五年も俺達家族に会わせてもらえなかったんだぞ！」

シリルが声を荒げる。

彼はシャーロットのために怒っているのだ。

彼女にはそれが痛いほどわかった。

「会えなくたって、私達は家族でしょう？　それは変わらないわ」

「アダムとアデルだって、お前に会いたがってるよ。せめて一度ぐらい里帰りしたって……」

優しく言うアーサーに、シャーロットは首を振った。

「事情があって、今は無理なの。でもいつか絶対私から会いにいくから、それまで待っていて……」

「シャーリー……」

「なんだよなんだよ！　結局お前、金持ちの生活がよくなったのか⁉　だからもう貧乏男爵家とは縁を切ろうっていうのか⁉」

シリルが怒りで肩を震わせる。

ぎゅっと、シャーロットはこぶしを強く握りしめた。

誤解されても仕方ない。

けれど大切な家族を危険に晒すぐらいなら、そう思われていた方がマシだ。

シャーロットは歯を食いしばる。

部屋の中に沈黙が落ちた。

ばたばたと音を立てて、シリルが出ていく。

年長のアーサーが、頭を掻きながらため息をついた。

一度こうと決めたら、シャーロットは絶対に折れない。

その頑固さを、彼は知っていたのだ。

「なにか事情があるんだろうが、あんまりあいつを苛めてやるなよ。家族の中で、一番あいつがお前を心配してたんだぞ？」

「シリルが？」

いつも意地悪を言ってはシャーロットを困らせていた弟だ。

彼女は驚いたように顔を上げた。

「病気でもなんでもいいから会わせろって、何度もアニス邸に通っては追い返されてたんだ。もちろん俺達も心配してたけどな」

そう言って、アーサーはシャーロットの頭を優しく撫でた。

「どんな事情があるのか、今は聞かない。どうしてお前が王宮《ここ》にいるのかとか、子供がどうしてここにいないのかとか……。でも、これだけはわかっていてくれ。俺達はどこにいたって家族だ。だからいつでも遠慮なく帰ってきていいんだぞ。みんな歓迎するから」

「兄様……」

今度こそ、堪えていた涙が眦から零れた。

兄の胸に抱き着き、シャーロットはしばらくその場から動けなかった。

＊＊＊

アーサーと別れた後、ラクスの許《もと》へ戻ったシャーロットはその夜、熱を出した。

病みあがりに無理をしたせいかもしれないし、再び家族と離れて暮らす決断をしたせいかもしれない。彼女に付き添っていたメイドの報告でそのやり取りを知ったジェラルドは、複雑な気持ちになった。

彼女の決断は正しい。

ラクスも家族もその両方を守りたいのなら、離れて暮らすより他に方法はないのだ。

けれど、しっかりしているとはいえまだ十九歳。

離れた家族が恋しいだろうことは安易に想像がつく。

水を絞った手ぬぐいを小さな額《ひたい》に置いて、ジェラルドは窓の外を見つめた。

彼は今、熱に魘《うな》されるシャーロットの傍で寝ずの番をしている。

本来彼女の看病に当たるはずのメイドが、ラクスを恐がってしまうからだ。

ラクスはといえば、まるで留守番をする犬のようにその巨体を大人しく伏せている。

時折心配そうに首を持ちあげては、シャーロットが起きるのを待っているようだ。

そんな姿を見ていると、あの日の暴走など夢だったかのように思える。

母親の影響か、ラクスは記録にあるファーヴニルと違い、大人しくて人懐っこい性格をしている。

『生まれた竜は、産みの親以外の人間との接触を極端に嫌がった』

ジェラルドは手元の書物に目を落とした。

手元には小さな燭台《しょくだい》。シャーロットを煩《わずら》わせないよう極小さな炎だ。

時折ジジっと音がして、頼りない炎がゆらゆらと揺れる。

羊皮紙《ようひし》を綴《つづ》ったそれは、王家に遺《のこ》された歴代のファーヴニルの育成記録だった。

当然のように機密文書で、王の図書室の奥深くに仕舞われていたのを引っ張り出してきたのだ。

――これがあれば、ラクスとの交流も少しは円滑になるだろう。

初めはそんな軽い気持ちだった。

それによると、ほとんどの竜は一年前後で巣立ちをし、人の庇護《ひご》下から離れたという。

ラクスは産まれてから三年。

現時点ですら、その三倍も長くシャーロットの許に留まっていることになる。

多くの野生動物が生まれてすぐに親離れするように、ラクスも本当なら既に親離れしてしかるべきなのかもしれない。

記録は特に直近の――つまりは百三年前に生まれた竜する記述が最も詳細だ。

それによれば、シャーロットの前に竜を産んだ女性は出産後すぐ気が触《ふ》れて、日常生活が困難になったという。

彼女は経産婦だったが、だからこそ自分から出てきた竜という存在を受け入れられなかったのかもしれない。

その女性の娘というのが、シャーロットの祖母である前ワラキア公爵のマーガレットだ。

王弟であるジェラルドは、生前の彼女をとてもよく覚えている。

九十歳を超えても矍鑠《かくしゃく》としており、そして他の誰よりも竜を憎んでいたことも。

「公爵家の血を途絶えさせる」

彼女はそう言って憚《はばか》らなかった。

もう二度と、娘や孫達に自分のような思いはさせたくないからと。

彼女がその憎しみを国に向けずにおいてくれたのは、ファーヴニル王国にとっては僥倖《ぎょうこう》だ。

領地は森だけといえども、彼女は有能な政治家だったのだから。

彼女が後見《こうけん》についてくれたおかげで、老いた王の寵姫《ちょうき》の息子という非常に微妙な立場であったジェラルドは、なんとか生き延びることができた。

騎士団に入るよう助言してくれたのも彼女だ。

早い内から王の家臣に下って忠義を尽くすジェラルドに、兄の支援者も警戒を緩めたのだろう。

（そうしなければ、おそらくは死んでいた）

王位を継がない王の子とは、本命が即位するまでのスペアに過ぎない。

むしろ、スペアでなければならないのだ。

僅かな野心も命取りになる。どこで足元をすくわれるかわからない。

だからジェラルドは、忘れられることに長けた子供になった。

気配を消し、感情を消した。

今のジェラルドが常に不愛想なのも、その名残だ。

既に騎士団長にまで昇り詰めた彼にとやかくいう者はいないが、それでも子供の頃から続けてきた習慣というのはなかなか抜けない。

仄暗《ほのぐら》い闇の中、ジェラルドは再びシャーロットを見下ろす。

厳格だったマーガレットと、ほわほわとしていて家庭的なシャーロットが血縁というのは、どうしても違和感がある。

マーガレットが、極力かかわりを避けて、育てさせたせいかもしれない。

結局、奇妙な運命に導かれ、数いる彼女の孫の中でも、シャーロットが竜を産むことになったわけだが。

（随分、怖い思いをさせただろうな）

それはつい先日の出来事についてでもあるし、ジェラルドのことでもある。

自分より年上の、それも常に堅苦しい顔をした男だ。

けれど彼女は最初から、心尽くしの料理で彼をもてなしてくれた。

殿下は止めろと何度言っても直らない。変なところで強情で、姿の変わった息子すら、両手を広げて抱きしめようとする無謀さと強さを持っている。

母の愛に恵まれずに育ったジェラルドにとって、シャーロットの存在は驚きに満ちていた。

だいたい貴族の娘なんて、子供は産んでもその世話は乳母《うば》に任せきりにするのが普通だ。

だからこそこんなにも、シャーロットの存在が特異に思えるのかもしれない。

「う……ん……？」

シャーロットが身動ぎをした。

起こしてしまったのかと、ジェラルドは慌てて蝋燭を吹き消す。

一瞬目の前が真っ暗になり、しばらくして目が馴染むと青い目がこちらを見ていた。

「起こしてしまったか？　すまない」

ジェラルドは迷った。

シャーロットが寝ぼけている間に部屋を出るべきか、それとも謝罪して事情を説明してから部屋を出るべきかをだ。

寝起きに男性が傍にいれば驚くだろう。

それも顔が恐いと評判の、騎士団長その人では。

シャーロットはしばらくじっとジェラルドを見つめた後、ふにゃりと表情を崩した。

そしてその小さな手を、そっと伸ばしてくる。

驚きのあまり、ジェラルドは身動きができなかった。

「眠れないの？」

おそらくは誰かと勘違いしているのだろう。

熱い手が、ジェラルドの頬に触れる。

「お姉ちゃんが一緒に寝てあげるから、もう大丈夫よ」

そう言って、闇の中でシャーロットは微笑んだ。

（——なんだ？）

その時産まれた感情を、ジェラルドはなんと呼んでいいかわからなかった。

ただぎゅっと掴まれたように胸が苦しくなり、鼻の奥がつんとした。

ジェラルドはそっとシャーロットの手を握って、それを顔から放そうとした。

「強がらないで。大丈夫。母様は怒ったりなんてしてないわ」

きっと寝ぼけているのだろう。

シャーロットには年の離れた双子の兄妹がいるそうだ。

彼女の態度からして、そのどちらかと勘違いしているに違いない。

なのにどうして——彼女の言葉がこんなにも胸に響くのか。

「……そうだろうか？」

気付いた時には、そう問いかけていた。

なにをしているのか、それはジェラルド自身にもわからなかったが。

「当たり前じゃない。ほらおいで、一緒に謝ってあげる」

「けれど、母は私を憎んでいる……」

「馬鹿ね」

ジェラルドの弱音を、シャーロットは一蹴《いっしゅう》した。

「子供を愛さない母親なんていないわ」

そう言って、シャーロットはジェラルドの耳をすりすりと擦《さす》った。

弟を泣き止ませるために、よくこうしていたのかもしれない。

「だからもう泣かないで。お姉ちゃんはずっとあなたの味方……よ……」

そう言って、シャーロットは再び寝入ってしまった。

ジェラルドはそっと、力を失った彼女の手を顔から離す。

彼女の手を少し濡らしてしまったので、ハンカチーフで軽く拭うことを忘れなかった。

ワラキア公爵家の血を受け継ぐ娘達の中で、どうして彼女が竜の仮腹に選ばれたのか。

そのわけがわかったような気がした。

＊＊＊

翌朝、シャーロットの熱は引いていた。

窓から零れる光は清々しい白だ。

今日はいい天気になるだろう。ただそれだけのことが、少し嬉しかった。

(随分懐かしい夢を見たわ)

じゃれつくラクスの太い首を撫でながら、シャーロットは昨晩見た夢を思い出していた。


それはまだ彼女が輿入れする前、十を少し過ぎた頃だ。

生まれたばかりの末の双子に、家族全員が振り回されていた。

中でも二人の世話を任せられていたシャーロットは、本当にくたくただった。

朝から晩まで、小さな弟妹達のご機嫌取り。

片方が泣けばもう片方も泣いて、片方が泣き止んだと思えば、もう片方がなにか悪戯をし始める。

特に弟のアダムは好奇心旺盛で、自力で歩けるようになるともう手が付けられなかった。

かくれんぼが大好きで、よく姿を消す弟を探して、シャーロットは屋敷の隅々にまで詳しくなってしまった。

今日もシャーロットはいつものように、いなくなってしまったアダムを捜し歩いていた。

右手には小さなアデル。

末の妹は泣き虫で、シャーロットの姿が見えなくなるとすぐに泣いてしまう。だからこうして、手を繋いで歩きながらよくアダムを探していた。

「アダム?　どこにいるの」

弟を探して、シャーロットは宝物庫に入った。

普段、応接室は子供達の立ち入りが禁じられているのだが、その日はなぜか鍵が開いていたのだ。

宝物庫といっても、貧乏貴族のそれはがらんとしていて、ただ空の戸棚がいくつも並んでいるだけだった。

身代が傾き始めたのと同時に、先祖代々の宝は売り払ってしまったのだろう。

そんな中唯一飾られていたのは、陶器でできた精巧な人形だった。

それは嫁入りの際に、母が祖母から贈られたものだそうだ。母はこの人形をそれはそれは大事にして、幼い子供達の手が届かないよう、わざわざ宝物庫に保管していた。

「アダム！」

シャーロットがアダムを見つけた時、彼は既にその人形を手にしていた。

初めて見た人形が珍しかったのだろう。

シャーロットはその人形を母がどれだけ大事にしているか知っていたので、咄嗟にアダムを叱りつけてしまった。

そしてそれに驚いた弟は、なんと人形を放り出してしまったのだ。

陶器でできた人形は床に叩きつけられ、粉々になった。

母はひどく悲しみ、人形の残骸を手に怒りもせず、ただ黙り込んでいた。

「……だいじょうぶよ」

そう言う母の声は震えていた。

それだけで、シャーロットはひどく心細くなったものだ。

年長の彼女でさえそう感じたのだから、実際に割ってしまったアダムがどう感じたのか、それは想像に難《かた》くない。

その晩、家族が寝静まった後、アダムは一人きりでシャーロットの部屋にやってきた。

彼の目尻は泣きすぎで腫れていて、シャーロットはそれを濡れたハンカチで冷やしてやった。

ベッドの中に招き入れると、アダムは大人しく横になる。

子供の体温は燃えるように熱く、まるで火の玉を抱えているような気持ちになった。

シャーロットはアダムが眠るまで、子守唄を歌う。

彼はうわ言のように何度もごめんなさいを呟きながら、やがて静かに眠りについた。

翌日、アダムとシャーロットは改めて母に謝罪して、それ以降ヨハンソン家の宝物庫には、二人が作った素焼きの人形が飾られることになったのだった。


追憶を終えたシャーロットは、そっと自分の右手に視線を落とした。

(夢だけど、確かに熱かった)

彼女の小さな手には、今もその湿った熱が残っている気がした。

思い出すと胸にじんわりと染みてくる寂しさを誤魔化すように、シャーロットはラクスのすんなりと伸びた首に抱きついた。

白い鱗は朝の光できらきらと光る。

家族ももちろん大事だが、今のシャーロットにとってはラクスが一番大切な家族だ。

彼と離れて実家に戻るだなんて、そんな選択肢は彼女の中にはない。

飽きることなく顔を摺り寄せてくる息子は、身体は大きくなったとはいえまだまだ甘えん坊だ。あの夜以来まるで片時も離れないぞとでもいうようにシャーロットの後をついてくるので、彼女は少し困ってもいたが。

見かねたジェラルドがラクスを押し止めてくれなければ、シャーロットは本当に一日中ラクスを撫でることしかできなくなってしまう。

使役の術という言葉の響きには、まだ正直不安があった。しかし実際には、ジェラルドがそれを使うたびにとても申し訳なさそうな顔をするので、彼に対する不信感というものはそれほどないのだった。

（ラクスと契約して止めてくれたのが、彼でよかった）

シャーロットはそんな風に思うのだ。

その時、コンコンとノックの音が響いた。

「はい」

メイドが様子を見に来たのだろうと思った彼女は、ベットに腰かけたまま居住まいを正す。

すると部屋の中に入ってきたのは、メイドというにはあまりに高貴な人物だった。

「お、王妃様……」

シャーロットは慌てて立ちあがり、夜着のままで膝を折った。

朝からまばゆいばかりの笑みをたたえるその人は、シャーロットを見てにこりと微笑んだ。

「朝からごめんなさいね。どうしても二人だけで話がしたくて」

「いいえ。こちらこそお見苦しいところを――」

そう言っている間に王妃が自らお茶の準備を始めようとしたので、シャーロットは慌ててティーセットを奪った。

国王やジェラルドが同席していた先日だったらいざ知れず、二人きりの時にまで王妃に召使いの真似事をさせるわけにはいかない。

シャーロットは手早く紅茶の準備をし、王妃には椅子を勧めた。

王妃は少し不満げだったが、まあ仕方ないという風に優雅に腰を下ろした。

「それでその、お話というのは……？」

淹れたての紅茶を勧めながら、シャーロットは王妃の顔色を覗った。

王妃はその形のいい眉を寄せる。

緊張で、シャーロットは思わず掌に汗を掻いていた。

街を騒がせたラクスに、なにがしかの罰が与えられるのかもしれない。

そう思い、絨毯の上で大人しく伏せているラクスにそっと目をやる。

シャーロットの視線に気付いた彼は、なに？　とでも言うように首を傾げた。

「まずは、貴女を労《ねぎら》わせて頂戴。なにが起きたのか話は聞いたわ。大変だったわね……」

王妃が心苦しそうに言う。

反射的に、シャーロットは首を横に振った。

「いいえ、いいえ！　むしろ街の方々や皆様にご迷惑を掛けてしまって……あの、お話しにいらしたのは、ラクスのことですか？　ラクスは処罰の対象になるのでしょうか？」

　普段はおっとりと話の聞き役をすることの多い彼女だが、口を開いた瞬間、思わず心に抱いていた懸念が飛び出していた。

　王妃の驚いたような表情に、慌てて口を閉じる。

　促されてもいないのに王妃に話しかけるなんて、シャーロットにしてみればとんでもないことだ。

　しかしその高貴な女性は怒るでもなく、安心してとでもいうように口元に薄い笑みをたたえた。

「大丈夫よ。貴女達を罪に問うたりはしないわ。なにより、あの晩のことは全て雷のせいということになっているもの。今更問うべき罪状なんてないのよ」

　王妃はそっと、悲壮な表情を浮かべるシャーロットを撫でた。

　キャラメル色の髪を、絹の手袋が滑る。

「それより、貴女に言っておきたいことがあるの。アニス家を罰せず今日まで現在の地位で留め置いたのは、私の提案なのよ」

「……え？」

　相手がなにを言っているのか、シャーロットは一瞬理解できなかった。

「貴女にとっては、耐え難いことだと思うわ。愛人にとって代わられ、おばあ様から受け継いだ公爵家の名前すら奪われてしまったのだもの。貴女がわざわざローブを被って顔を隠していたのも、アニス家の人々と不要ないざこざを起こさないためでしょう？」

どうしてそれをと、シャーロットは思っても口にできなかった。

それは相手の身分を気にしたからではない。本当に驚いて、なにを言っていいのかわからなかったからだ。

「でも、私達は——いえ私は、そうするべきだと判断したの。アニス家の後妻がシャーロットを名乗っているうちは、『アニス家で竜が産まれた』という噂は事実無根の噂でしかないと世間に言い張ることができる。そうすれば貴女やラクスへの追及も、自然に減ると考えていたの。それが最終的には、貴女のためにもなるだろうって」

「殿下……」

「けれどその判断でアニス家が増長し、今回のことが起きてしまった。私の判断ミスだわ」

「そんなことは……っ」

シャーロットはガタンと立ちあがる。

しかし王妃は、ふうとため息をついただけだった。

「座って。ミスだとしても、私は謝らない。だから貴女も、私に気がねなんてしなくていいわ」

その目の強さに負け、シャーロットはそっと腰を下ろす。

「為政者はね、たとえ間違った判断でも簡単には翻《ひるがえ》したりしないものよ。上に立つ者が安易に揺らげば、下の者達はもっと動揺するでしょう？　だからいつでも泰然《たいぜん》としていなさい——って、これは父様の受け売りだけどね」

そう言うと王妃は、困ったような笑みを零す。

「本当のことを言えば、謝ってしまえれば楽なのに。そう思うこともあるけれど」

そう言って、彼女はコクリと紅茶を口にした。

ひたすらに美しい王妃の顔を、シャーロットはぼうっと見つめる。

「だからというわけじゃないけれど、だから今回は貴女の希望を聞きに来たのよ。直接目を見て、貴女の望むことを知りたかった」

「私の？」

「そうよ。貴女にはいくつもの権利がある。慣例どおりラクスは私達に預けて実家に帰ってもいいし、あるいは王宮で一生贅沢をして暮らしてもいい。我が国にとって竜を産むという仕事を成した貴女は、最上級の功労者ですもの。我が国で実現可能なことなら、責任を持って請け負うわ」

シャーロットは思わず言葉を失くした。

一瞬、ほんの一瞬だけ、昨夜別れた兄弟達の悲しげな顔が浮かぶ。

彼女は床で寝そべる息子を、静かに見下ろした。

「陛下、私の望みは――……」

第九話 ◆ シャーロットの選択

出発は、ぽかぽかと日差しの気持ちいい日だった。

「いい天気ね～」

日よけの帽子を押さえながら、気持ちよさそうにシャーロットが呟く。

「おい、あんまり乗り出すなよ。危ないだろ」

御者台で手綱《たづな》を握るのは、弟のシリルだ。

さっきから頻繁《ひんぱん》に、あれには気を付けろこれには気を付けろとうるさいぐらいだ。

離れていた時間が、彼を心配性に変えてしまったのかもしれない。

彼が怒るのは心配していることの裏返しなのだと、シャーロットは気付きはじめている。

それがくすぐったくもあり、なぜか少し寂しくもある。

「シリル。幾ら心配だからって、あまり怒ってばかりではシャーロットに嫌われてしまうよ？」

穏やかに言ったのは、兄のアーサーだ。

彼は特製の大きな幌付きの荷台の中で、背筋を伸ばして胡坐《あぐら》をかいていた。

（アーサー兄様ってば、別人みたい）

そっと中に目をやりつつ、シャーロットは笑った。

真面目な長兄と比べて、彼は少し茶目っ気のある性格なのだが、弟妹のいる場とはいえ、今は寛《くつろ》ぐ気になれないらしい。

それも当然か。

「シリル、あとどれほどだ？」

なんせ彼らの上司たる騎士団長、ジェラルド・シグルズが同乗しているのだから。

そして更にその奥には、白く大きな竜が人の真似をしてお尻を下に座っている。

投げ出した短い脚と、ぽこんと突きでたお腹が可愛らしい。

「クルルゥ」

シャーロットと目が合うと、ラクスは嬉しそうに鳴く。

あの晩から、ラクスは少し大人しい性格になったようだ。

それが肉体的に成長に伴うものなのか、それとも物静かなジェラルドの影響なのか、それはまだ判断が付かない。

ただジェラルドは自身で言ったとおり、極力ラクスの行動を制限しないようにしているのは見ていて痛いほど伝わってきた。

シャーロットが思うよりもよっぽど深く、ジェラルドはラクスに術を掛けたことを、深く気に病んでいるようなのだ。

（そういうお方だから、私もこんなに冷静でいられるのかも――）

ふと、そんなことを思う。

もしラクスを使役したのが他の人間だったら――たとえば己の兄であったとしても、シャーロットはおそらく冷静ではいられなかったことだろう。

彼の驕《おご》らず思慮深い性格を知っているからこそ、信頼しているからこそ、こんなに落ち着いて息子を見守っていることができるのだ。


結局、シャーロットは再びラクスとの森での生活を選んだ。

そこに二人の兄弟が付き添うことになったのは、せめてもという王妃の温情と、それから前回の反省を踏まえたジェラルドの提案に、王が同意したからだ。

そういうわけで、護衛の追加はワラキア公爵家の血を引く男爵家の二人と相成《あいな》った。

ジェラルドから事情を聞かされた二人は、当初唖然《あぜん》としたらしい。

それはそうだろう。

可愛い妹（姉）が人外《じんがい》のものを産んでいたり、名を奪われ婚家から追い出されて森に住んでいたりしたのだから。

とにかく二人はすぐさま同意して、今日の日と相成ったわけだ。

とはいっても四人で暮らすには流石に手狭な小屋なので、今回の馬車には食糧の他に、なんと建材まで載っている。

森に着いたら、これを使って夜営の要領で簡易的な小屋を建てるらしい。本当に男三人でそんなことができるのかしらと、シャーロットは少し不安に思っていたりもするのだが。

気が早いシリルは既に王都の寮を引き払ってしまったそうだし、まだ冷静なアーサーにしても、部屋は残しているにしろ、街の愛人達には別れを告げたそうだ。

シャーロットとしてはこれを機に、アーサーには真っ当な恋人ができればなと思っている。

騎士団の伊達《だて》男として名高い彼が、本当にそんなことができるかどうかは別として。

他愛もない会話をしている間に行程は進み、昼過ぎには小屋に着いた。

久しぶりの我が家に喜んでいるのか、ラクスが勢いよく湖に飛び込む。

どぶんと飛沫が上がり、光の中できらきらと光った。

「北の森の中に、まさかこんなところがあるなんて」

「ここで三年も暮らしていたのか？　たった一人で？」

「一人じゃないわ。ラクスと一緒よ」

驚いたようなアーサーとシリルを尻目に、シャーロットは小屋に入った。

中は綺麗に片付けられているが、少し空けてしまったので僅かに埃臭い。

(まずはハタキがけかな)

「それでは始めるか」

外ではジェラルドの指揮で、簡易小屋の組み立てが始まった。

馬車から放たれた馬は、湖の水をおいしそうに飲んでいる。

騎士団で調教した軍馬だそうで、ラクスを目にしても逃げ出さないでくれるのがありがたい。

風でざわざわと震える木立が、まるでシャーロットにお帰りと言ってくれているようだ。

(軽くお掃除して、それからお食事の用意。大掃除は明日にしようかな)

旅装を解くと、シャーロットは頭に布巾《ふきん》を巻いた。

掃除を待つ部屋に腕が鳴る。

窓を開けると、ふっとさわやかな風が通り抜けた。

(戻ってこれて、よかった)

湖で遊ぶラクスを見ていて、心の底からそう思った。

確かに実家は恋しいけれど、シャーロットにとって今の家はここなのだ。

実際に帰ってきてみて、改めて深くそう実感した日だった。

＊＊＊

ルドルフは薬草売りをしている。

けれどもそれにそぐわない筋骨隆々の巨漢だ。

五年ほど前までは冒険者をしていた。

冒険者ギルドに登録し、パーティーを組んでいた。そこそこ名のあるパーティーで、今もその頃の仲間がたまに店にやってくる。

今目の前にいるのも、そんな仲間のうちの一人だ。

「おいおい、久しぶりに来たらなんだ、この賑わいは。さてはおかしな薬でも調合してるんじゃないだろうな？」

軽口をたたくのは、少しばかり背は低いが精悍な顔立ちの冒険者だった。目と髪の色は黒。ともすれば少年のようにも見えるが、その表情には経験に裏打ちされた自信で溢れていた。

スピード重視の防具と手入れの行き届いた武具。鍛え抜かれた肉体と、しなやかな身のこなし。

一目で熟練の冒険者だとわかる。

遠慮なく、ルドルフは大きな手でその男の頭を掴んだ。

いいや掴もうとして結局避けられてしまったのだが。

彼の言うとおり、ルドルフの店は繁盛していた。

薬草を求める人々でごった返し、店内を歩くのにも難儀する有様だ。

「人聞きの悪いことを言うな。薬草売りは薬草を売るだけ。調合するのは調合師の仕事だろ」

「じゃあなんだってこんなに混んでるんだ？　四年前に来た時は、客なんか一人もいなかったじゃないか」

「お前、表ののぼりは見なかったのか？」

言いながら、ルドルフはカウンターをコツコツと叩いた。

冒険者との会話の合間合間に、他の客の質問に答えたりと器用に仕事を捌《さば》いている。

「のぼり？　ああ、魔女のクッキーだかなんだかって書いてあるあれか？　おいおい冗談はよせよ。お前がクッキーって面か」

「クッキーに顔が関係あるか！　あれを作ってんのは俺じゃねぇよ。北の森に棲《す》んでるって魔女だ」

「魔女？　おいおい馬鹿を言うなよ。今どきそんなもん、お伽話の中だけだろ」

「それがいるんだな。といっても、やってるのは初歩の調合師と料理人を混ぜたようなことだが、これが意外に客にウケてる」

「へぇ、薬草のクッキーに、喉に効く飴玉か。こりゃガキどもが喜びそうだ」

カウンターに並べてある商品を見ながら、男は顎を撫でた。

「喜んでるのはガキだけじゃない。これに使ってるのは薬効の強い北の森の薬草なんだ。だからこれ一つでとんでもない効果があるぞ」

「はあ？　ファーヴニルの北の森って、攻略不可の立ち入り禁止区域じゃなかったか？」

「そうなんだが、なんでかその娘は入れるみたいなんだ。今は俺のところと独占契約を結んでもらってるよ。おかげでこのとおり大繁盛だ」

そう言って、ルドルフは悪人顔で笑った。

「おいおい。相変わらず悪人も真っ青の凶悪面しやがって。まあ、ここに店を作った時はお前もよそ者だなんだって苦労してたからな。なにはともあれ繁盛してよかったじゃないか」

「おうよ。魔女には頭が上がらねぇ」

そんなことを言いながら、ルドルフは楽しげに笑う。

「へえ、よっぽど気に入ってるんだな。その魔女。『鬼ゴブリン殺し』って呼ばれた男が、楽しそうな顔しやがって」

「うっせえよ！　まあお前も騙されたと思って、買ってみろよ。すぐに品切れする人気商品だぜ」

「昔のよしみで餞別《せんべつ》にやろうって優しさはないのか」

「馬鹿言っててんじゃねえよ。ツケだらけでまともに代金払ったこともないくせに！」

なんだかんだと言い合いつつ、男はシャーロットのクッキーを一包みと、飴玉を五粒買い求めて店を出た。

街中が豪雨に見舞われたのはその夜のことだ。

そして偶然、宿屋の屋根の上にいた男はその日、稲光を纏う竜の目撃者となった。

＊＊＊

(困ったわ。どうしてこうなったの？)

晩餐の席は気まずい空気に包まれていた。

正方形に近いテーブルに着いているのは四人。

因《ちな》みにラクスは、小屋に入れなくて自分の餌を狩りにいっている。

アーサーとシャーロットが向い合せに座り、その隣ではジェラルドと相対したシリルがそっぽを向いている。

「団長にはどうせ庶民の食事なんてお口に合わないでしょう」

「……そんなことはない」

「大体僕らがいるんだ。団長は城にお帰りになられたらいかがですか？」

「いい加減にしろシリル、団長に失礼だぞ！」

アーサーが珍しく声を荒げる。

それでもシリルは、不機嫌な顔を横に背けるだけだった。

シャーロットにばかり意地悪で、なんでもそつなくこなす子だと思っていただけに、このシリルの態度は意外だった。

「こいつは拗《す》ねてるんだ。団長とシャーロットが短い期間でも一緒に暮らしていたと聞いてな」

隣にいたアーサーが、シャーロットにこそっと耳打ちしてくる。

そんな二人を、シリルがぎろりと睨んだ。

「ごちそうさま」

ジェラルドがフォークを置いた。

見ればお皿に載った料理は、全て綺麗に片付けられている。

そのまま彼が席を立ったので、シャーロットは落ち着かない気持ちになった。

いつもなら、食事が終わってもしばらくは彼女の小屋に留まって、二人で他愛もない話をしたりしていたからだ。

「あの！」

思わず、彼女は立ちあがっていた。

「美味しく、なかったですか……？」

思わず、そんなことを尋ねていた。

今日は掃除で思った以上に時間がとられてしまったので、乾燥パスタを茹《ゆ》でてバジルのソースと絡《から》めた。後は蒸したジャガイモにに塩を振って、溶かしたチーズをかけただけだ。緑が足りないと思ってサラダも作ったが、やはり王族であるジェラルドには物足りないだろう。

城でシャーロットが療養している間、彼も久しぶりに不自由のない暮らしを満喫したはずだ。

それでやっぱりこの生活を不満だと感じたのかもしれない。

シャーロットは悲しくなった。

(アーサー兄様とシリルがいるのに、どうして寂しいなんて思うの？)

シャーロットは自分の気持ちがわからなくなった。

「いいや。城の料理より、私はこちらの方が好きだ」

振り向いたジェラルドは、とても珍しい表情を浮かべていた。

それは笑顔だ。

口角を少し上げただけの些細なものではあったが、二人の騎士は目を見開いて黙り込んだ。

それだけで普段の厳めしい印象が消えうせ、王子という呼称《こしょう》に相応しい美男子へと変貌した。

パタンとドアの締まる音がして、ジェラルドは呆気にとられた兄弟を残し建てたばかりの夜営小屋へと戻っていく。

「驚いたな……」

シャーロットの淹れた薬草茶を飲んで、一息ついたアーサーの放った言葉がそれだ。

なんのことだろうかと、妹は小首を傾げる。

そんな小動物めいた妹の頭を、アーサーはわしゃわしゃと撫でた。

「団長の笑顔なんて、入団以来初めてだ」

「まあ……」

そんなはずはないと、否定しようとしてシャーロットは思いとどまった。

たとえば薪割りの最中に話しかけたり、薬草茶を淹れた時。ラクスがじゃれてきた時にはジェラルドは今のような顔をしていたはずだが、なんとなく兄弟達にはそれを秘密にしておきたかった。

「卑怯《ひきょう》だ、あんなの！」

シリルが声を荒げる。

やっぱり、まだまだなにかが気に食わないらしい。

「シリル。殿下にあのような態度をとってはだめよ」

シャーロットが窘《たしな》めると、シリルは余計に険しい顔になった。

「だって、いくら竜を護るためとはいえ、未婚の男女が森で共同生活だなんておかしいだろ⁉」

「そうね、確かに私は離縁された子持ち女だし、これで変な噂にでもなったら、国王様に申し訳が立たないわ……」

彼女は悲しそうに眉を顰める。

それを見て慌てたのはシリルの方だ。

「ばっ、そういうことじゃない！」

彼はなにかを否定するように、手をばたばたと動かしている。

「シリル」

はあとため息をついたアーサーが、飲み干した湯呑みを掲げて言った。

「俺はシャーロットのお茶を、もう一杯飲んでから帰る。お前は先に向こうに戻って、明日からの生活に支障がないよう努めてくれ」

「なっ！」

「頼んだぞ」

それはつまり、ジェラルドに謝っておけということで。

すぐさま反論しようとしたシリルだが、滅多にない兄の剣幕に遮られ、もごもごと口を閉じた。

「ごちそうさま」

シリルは名残惜しげに、外に出ていった。

残されたのはシャーロットとアーサーの二人きり。

アーサーは先ほどとは違う重く長いため息をついた。

「まったくあいつはいつまでたっても」

「はい。小さい頃からしっかり者のよい子です」

相槌を打ちながら、シャーロットは兄の湯呑にお茶を注いだ。

しかしその見当違いな言葉に、アーサーは胡乱な顔になった。

「お前がそうやって甘やかすからいけないんだぞ。おかげで自分の思いどおりにならないとすぐあれだ。騎士団に入ってからは俺が叩き直してやったが」

「まあ、暴力はいけませんわ」

「実際に叩いたりはしないさ。それよりあいつには精神攻撃の方が効きめがある。プライドの高い奴だから」

二杯目の薬草茶を口に含み、アーサーは穏やかな顔になって言った。

「まあでも、あいつがつい団長につっかかりたくなる気持ちもわかる。俺達が面会もできないとやきもきしている間、団長とお前はこんなところでのんびり夫婦ごっこをしていたんだから」

「ふ、夫婦ごっこだなんて！」

シャーロットのミルク色の頬が朱《あけ》に染まった。

アーサーが悪戯っぽい笑みを浮かべる。そうしていると、子供の頃、意地悪ばかりしていたシリルにそっくりだ。

「二人で向かい合って食事をして、さっきのように頂きますご馳走様とやっていたんだろう？　夫婦ごっこ以外のなにがあるんだ？」

「そ、それは殿下が……ジェラルドさんがそうしてくれて構わないと。堅苦しくされると自分も息が詰まるとおっしゃって……」

シャーロットはといえばしどろもどろだ。かちゃかちゃと使用済みの食器をまとめようとして、しかし手の動きに反して全く仕事が進んでいない。

「俺には、そんな風に言う団長こそが想像つかないな。なんせああいうお方だから」

「あ、あいう、お方？」

不思議そうな顔をする妹に、アーサーは一瞬その先を話すかを躊躇った。

しかし王都では知らない者のない話でもあるし、その無知のせいでこの先なにがあるかわからないと、彼はシャーロットにジェラルドの過去を話すことに決めた。

「ジェラルド様のお母様は、先の王の愛妾だったんだよ」

「愛妾……」

一度も社交界にかかわったことのない彼女は、どうにもピンと来ない顔をしていた。

「ご側室の中で、最も寵愛《ちょうあい》のあったお方ということだ。団長にそっくりの大変お美しい方だったと聞いている」

シャーロットは、もしジェラルドが女性だったと想像してみる。

彼女の脳内で像を結んだのは、険しい顔をした氷の女王だった。

「けれど彼女は、ご自分のご夫君を愛していらっしゃった。だからご自分の境遇に絶望し、早くにお亡くなりになった。ご自分の息子にも、あまり興味をお示しにならなかったと……」

思ってもみない話に、シャーロットの胸は千切られるように痛んだ。

「だからかはわからないが、団長は幼少の頃よりご自分を厳しく律していらっしゃる。俺には想像もつかないが、王の後継者争いから身を守るにはそうするしかなかったんだろう。その証拠に、隊長は騎士団では規律の鬼と呼ばれて恐れられているし、まあそういうことだ」

気まずそうに、アーサーが湯呑を傾ける。

シャーロットは完全に手を止めて、先ほどその人が出ていった扉をじっと見つめた。

＊＊＊

一方、ジェラルドを追ったシリルもまた、気まずい思いを味わっていた。

一足先に戻ったジェラルドは、野営小屋の中で荷物の入った木箱に腰かけ、物思いに耽っている。

窓枠から漏れる月明かりを浴びて頬杖をつくその姿は、まるで一幅《いっぷく》の絵のようだ、しかしそれが現実となると、途端に近寄りがたくなるのはなぜだろう。

シリルはそんなどうでもいいことを考えていた。

夜営小屋というのは意外に広い。

今は布を張ってあるだけの天井も、これから数日かけて木などを切りだし、小屋ではなく家へと近づけていく予定だ。

アーサーもシリルも、竜の存在以外の大まかな事情を知った騎士団の副団長から、くれぐれも団長を頼むと言い渡されている。

副団長は名補佐官として隣国にまで轟く有能な人物だが、内情は年の半分以上胃を痛めている哀れな人物だ。

王族であるジェラルドのために立派な住居を建てるのは、シリルとしても異存ない。

ただ気に入らないのは、そのジェラルドが思った以上に姉と親密になっている点だ。

シリルの知るシャーロットは人見知りで、結婚するまで兄弟以外の男性とはほとんど口を利いたこともないような奥手な少女だった。

だから結婚以来会わせてもらえない彼女を心底心配していたし、なにもできない自分に忸怩《じくじ》たる思いを抱いてもいた。

離れていた五年は長い。

シャーロットに再会して、シリルはその年月を改めて思い知った。

彼女は世間知らずの十四歳の少女から、驚くほどの変貌を遂げていた。

まるで蛹《さなぎ》が蝶《ちょう》になるように、美しくなった。

少し日に焼け、竜とはいえ子を産んだからか少しふっくらとした。

しかしそれがなんだというのだろう。

彼女を美しく感じる理由はおそらく、その表情から満ち溢れる活力だ。

ラクスに笑いかける表情は生き生きとしていて、兄弟達の陰に隠れて控え目にほほ笑む少女はもうどこにもいなかった。

雨が降ると広がってしまうと泣いていたキャラメル色の巻毛は、緩やかに波打ち甘そうな輝きを放っている。

いつもそれをからかって笑っていたシリルとしては、なんとなく彼女が自分の知っている姉ではないようで、落ち着かないのだ。

兄弟の中で最も年の近い少女は、今ではシリルの見知らぬ女になっていた。

だからといって、やはりジェラルドに八つ当たりするのは違う。

シリルはそうして、自分の中の言葉にならないもやもやとした気持ちを、無理矢理にねじ伏せる。

自分も十八歳。

もう貴族の中でも、一人前の大人として認められる年だ。

「団長！」

勇気を出して声を掛けると、ジェラルドが無表情のままでシリルを見た。

巷《ちまた》で騒がれる劇団の二枚目が、裸足で逃げ出しそうなほどの美しさ。

思わず、シリルはゴクリと息を呑む。

いつもはなにも思わない団長の顔にそんな感慨を抱くのは、今、彼がたたえているのがいつもの無表情、或いは仏頂面ではないからだ。

彼は明らかに、困惑していた。

微かに顰められた眉は苛立ちではなく、明らかな憂いを含んでいる。

「あの……先程は申し訳ありませんでした。ご無礼をお許しください」

シリルは膝を折った。

ジェラルドは本来なら、騎士団の団長という以前に王弟という地位にある。

もし彼が本気で怒れば、シリルの首などは簡単に飛んでしまうだろう。

「いや……」

膝を折るのと同時に頭を下げてしまったので、もうジェラルドの表情を見ることはできなかった。

ただ彼の声が、いつもの覇気《はき》のあるそれでないことだけは十分にわかった。

「シリル・ヨハンソン。お前の苛立つ気持ちはわかる。大切な姉に近づく男がいたら、気に食わないのは道理だ。ましてやその姉が、以前の夫に酷い目に遭わされているとしたら尚更だ」

「いえ、私は団長を決してそのようには……」

「いいやシリル」

ジェラルドの声は、密やか過ぎて聞き取るのがやっとだった。

「警戒してくれていい。私がもしシャーロットを傷つけるようなことがあったら、遠慮なく彼女を守ってくれ」

（それは――どういうことなのだろう？）

たった今言われたばかりの言葉を、シリルは咀嚼《そしゃく》しようとした。しかしできない。

厳しいがそれと同じだけ正義感に溢れ真面目なジェラルドが、自ら姉を傷つけようとすることなどありえるのか。

シリルはもしそうなった時というのを、なかなか脳裏に思い描くことができずにいた。

「それはその……陛下の意向で、団長がシャーロットになにか危害を加える場合があるという意味でしょうか……？」

シリルがようやく絞り出したシチュエーションがそれだ。

陛下の命令ならば、ジェラルドはたとえ女子供でも容赦なく剣を向けるだろう。

まあそれは本当に、戦争などの有事の際に限られるだろうが。

「いや。なにがあろうと、私がシャーロットに危害を加えるようなことはない。それは誓う。けれど、これでも私は男なのでな」

シリルはなにも言えなくなった。

ジェラルドの言っている意味が理解できなかったからだ。

解説があるかと期待したが、ジェラルドはそれきり黙り込んでしまった。

（なぜ団長が男だというのが関係あるんだ？）

それからアーサーが戻るまで、シリルは膝を折ったまま頭を悩ませ続けなければならなかった。

＊＊＊

翌朝、空は晴れあがり気持ちのいい朝だった。

なのでシャーロットは、張り切って洗濯をすることにした。

共同生活をする人間が一気に二人も増えたので、その洗濯物は大変な量だ。

男性陣は自分達でやるからと最後まで抵抗を示したが、その言葉を鵜呑《うの》みにすると彼らが数日に一回ほどしか着替えなくなるとジェラルドとの生活でシャーロットは既に学んでいた。

夜営時はこれが普通だと言われたが、夜営小屋に住んでいようがなんだろうがここは戦地ではないのだし、身近な人には清潔な格好をしていてほしいとシャーロットが押し切ったのだ。

その時、気まずそうに洗濯物を出すジェラルドはちょっとかわいかった。

シャーロットはくすりと思い出し笑いをする。

冷たい湖の水を桶《おけ》に入れ、サボンソウの根を細かく刻んだもので泡立てる。

去年の秋に大量に採取して、乾燥させておいたものだ。これでおそらく一年は保《も》つ。

洗濯をするシャーロットのそばを、ラクスがついて回る。

彼には洗濯物が泡立つのが不思議でしょうがないらしい。

最近のラクスは、身体が大きくなってしまったので小屋に入れなくなってしまった。

シャーロットが入ったきり出てこなかったりすると、自分もそこに行きたいのに行けなくてキュルィーと悲しげに鳴く。

なんとかしてやりたいが、だからといって広い家を建てるわけにもいかず、シャーロットも頭を悩ませていた。

「竜の成長って、いきなりなのね」

テーブルクロスをごしごしやりつつ、シャーロットは呟いた。

ラクスに話しかけているというより、それはどちらかというと独り言だ。

「三年でちっとも大きくならないと思ったら、いきなり私よりも大きくなるなんて。そりゃ、どっちだって可愛いけど。ラクスだって自分の身体に慣れないわよね」

パチンと弾けた泡に驚いていたラクスが、なに？　とでも言いたげにシャーロットを見る。

その長い首筋を撫でてやりたくなったが、今は手が泡だらけなのでそういうわけにもいかない。

「元の大きさには、もう戻れないのかしら？　こうなると知っていたら、もっと強く目に焼き付けておきたかった」

ラクスは首を傾げている。その目は小さな頃と同じで、丸くて無邪気なままだ。

時に人の言葉を理解しているかのように賢い我が子だが、流石にシャーロットにも無理な願いを言っているという自覚があった。

だからポンッという音と共に姿を消した我が子に、彼女は仰天《ぎょうてん》して尻餅《しりもち》をついた。

「キャッ」

思わず口から漏れた悲鳴に、夜営小屋から男達が何事かとやってくる。

「シャーロット！」

中でもいの一番に駆けつけたのはジェラルドだ。

シリルはそれを少し悔しそうな顔で見ていた。

「なにがあった？」

「あ……お騒がせしてごめんなさい。ラクスに驚いてしまって」

しかしどこにもラクスの姿はない。

どういうことだと首を傾げていると、湖面から突然飛び出す小さな影があった。

「ギュラーラー」

楽しげに鳴くのは、間違いなくシャーロットの息子だ。

しかし昨夜見た時と違い、彼は以前までの二頭身の身体に戻っていた。

「ラクス！」

驚いた様にシャーロットが叫ぶ。

嬉しそうに、ラクスは母に飛びついた。

おかげでずぶ濡れのラクスに抱きつかれたシャーロットもまた、頭から水浸しになってしまった。

エプロンどころか粗《あら》い綿のドレスまで、透けてぴったりと身体に張り付いている。

シャーロットはそんなことお構いなしで嬉しそうにしているが、それで動揺したのは男達の方だ。

「シャーロット。これをかけて着替えてきなさい」

ジェラルドとシリルはピシリと固まって使い物にならないので、残ったアーサーが己の上着をその肩にかける。

それでようやく己の姿を自覚したシャーロットは、頬を染めて小屋に戻った。

その後を嬉しそうにラクスがついていく。

残されたのは洗いかけの服の山。

未だ固まったままの二人を横目に、アーサーはどうしたものかとため息をついた。

＊＊＊

その日以来、ラクスは己の好きな時に身体の大きさを変えられるらしいということが判明した。

どうも城にいる間ずっと大きな姿のままでいたのは、ラクス自身もその大きな身体に戸惑っていたからしい。

けれどシャーロットの言葉をきっかけに、元の大きさに戻ることに成功したようだ。

人間達は自分が成長するとそこから縮むということはないので、そう願ったシャーロットすらもまさかそんなことができるようになるとは思ってもみなかった。

ラクス自身は小さい姿の方が過ごしやすいらしく、またシャーロットがどんな狭い場所にいてもその胸に飛び込むことができるため、基本的に小さいままでいることが多い。

彼が大きくなるのは、森の中で己の食糧を取る時だけだ。

おかげで彼は、今やクマまで捕らえることができるようになった。

大きな姿のまま人より大きなクマをむしゃむしゃ食べていたりするので、シャーロットとしては子ネズミなんかを捕まえて喜んでいた頃のラクスが懐かしくもあるが。

しかしこれも成長なのだろうと、シャーロットは世間の母親と同じように彼の成長を喜ぶことにした。

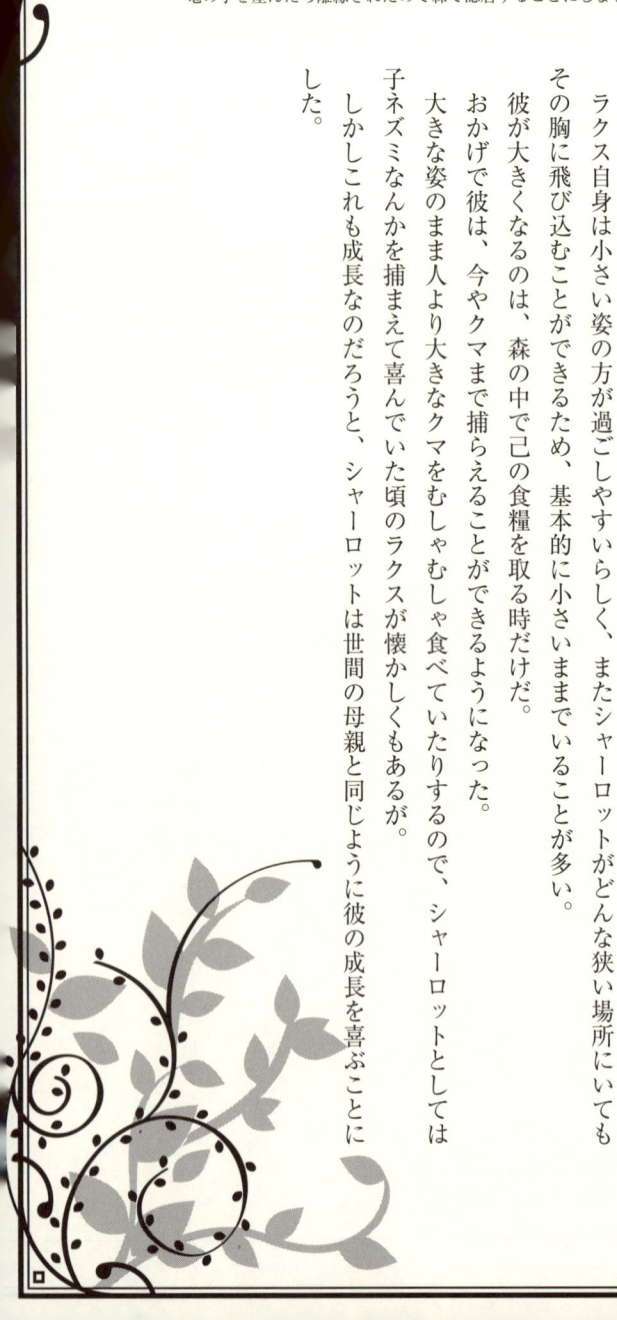

第十話◆熊男の襲来

数日後、シャーロットは再び街へ出かけることにした。

そろそろ食糧が心細くなってきたし、男手が二人増えたおかげでクッキーと飴玉作りが好調だったからだ。

最近は簡単とはいえ周囲を板で囲った夜営小屋が完成したので、シャーロットの住む山小屋も増築しようという話にまでなっている。

確かに四人で食卓を囲むと手狭なので、それはそれで嬉しい。

かんじんの護衛には、アーサーがついてくることになった。

ジェラルドはラクスの傍を離れられないので仕方ないとして、ジェラルドとシリルを二人で残していくのは少し不安だ。

どうにも森に来た当初から、彼らの相性はよろしくない。

シャーロットにとってはどちらも大事な人なので、できれば仲よくしてほしいというのが本音だ。

(でも、これはきっと他人が首を突っ込んでいいことじゃないわね。シリルももう大人なのだし)

いつまでもシリルに対して母親気分の抜けない自分を、シャーロットは内心で窘めた。

意地悪だが可愛い弟だ。双子より手がかからなかったとはいえ、彼女にとってはいつまでも拗ねた子供に思える。

しかしシリルは騎士として既に立派に務めているのだし、いつまでも親子ごっこを続けるわけにはいかないのだ。

（寂しいな。ラクスが親離れする時も、こんな気持ちになるのかな？）

持っていたバスケットを抱きしめ、シャーロットは想像しただけで込みあがってきた寂しさをやり過ごした。

因みに、二人は今なんでもない平民の格好をしている。

シャーロットはいつもの着古したドレスだし、アーサーのそれも適当に古着屋で見繕《みつくろ》ったものだ。

彼女が黒いローブを着なくなったのは、もう街にいることを知られたくない人間がいなくなったからだった。

アニス家の人々は、人づてに街を離れたと聞く。

彼らがその後どうなったのか、シャーロットは知らないし知りたいとも思わなかった。

「どうした？　気分でも悪いかい」

色々考えていて黙り込んだシャーロットを、同行したアーサーが何気なく覗き込んでくる。

柔和《にゅうわ》に笑うその顔は、妹から見ても大変な美男子だ。

その証拠に、さきほどからすれ違う女達が何人も振り返る。

露骨に流し目をする者までいて、そういう者は大抵シャーロットをぎろりと睨みつけたりするので、なんとなく落ち着かなかった。

「……お兄様は、本当に相変らずね」

ため息のように、気付けばその言葉が零れ落ちていた。

二人目の兄であるアーサーは、優しいが掴みどころのない雲のような性格だ。

シャーロットが実家にいた頃は、彼に懸想《けそう》した女性が家まで押しかけてきたことまであった。

その中には良家のご令嬢などもいて、両親も是非にと勧めたがアーサーが首を縦に振ることはなかった。

「つれないね。怒っているのかい？」

アーサーはいつも、そうしてシャーロットに少しだけ申し訳なさそうな顔をする。

シャーロットの結婚が決まったぐらいから、アーサーは時折そんな表情を見せるようになった。

己の我儘《わがまま》のせいで妹が不幸な結婚をしたと、口にはしなくても負い目に感じているらしい。

がやがやと街の喧噪《けんそう》が。

(怒っているのかしら？　私)

シャーロットは自分に問いかけた。

しかしすぐに、それは馬鹿らしい問いだと笑い飛ばす。

突然笑みを零した妹に、アーサーは目を丸くした。

「いつまでも気に病まなくていいのよ、アーサー兄様。私は多分兄様が思ってる以上に、今の生活が気に入ってるんだもの」

するとアーサーは、なぜか泣き笑いの顔になった。

彼がなぜ頑《かたく》なに結婚を嫌がるのか。それはわからないが、シャーロットにとっては今口にしたことが全てだ。

「さあ、急ぎましょう？　帰るのが遅れたらみんなが心配するわ」

シャーロットはそうして、兄と連れ立って久々の市場を堪能した。

＊＊＊

思ったよりも薬草がいい値段で売れたので、シャーロットとアーサーはそれぞれに荷物を抱えて帰路を急いでいた。太陽は今にも地平に降りようとしている。

財布に余裕があると思って、ついつい買い物をしすぎたせいだ。

薬草売りのルドルフは、「そいつが例の男かい」と兄を指して盛大に喜んだ。

シャーロットは必死に彼の誤解を解こうとしたが、照れていると受け取られたらしく最後まで彼の考えを正すことはできなかった。

嬉しげな薬草売りはシャーロットのおかげで店が大繁盛だと笑い、お礼とお祝いだと相場よりもかなりいい値段で商品を買い取ってくれたのだった。

そして硬貨の入った革袋を渡しながら、『嬢ちゃんが選んだんなら間違いないと思うが、顔がいい男は信用し過ぎちゃなんねえぞ』と囁いた。

その信用し過ぎちゃなんねえ男は実の兄だったので、シャーロットはとても複雑な気持ちになったのだった。

さて、街と森は近い。

街を後にした二人は、日が完全に暮れる前には家に着こうと急いでいた。

森で危険な獣に出くわしたことは不思議と一度もなかったが、ラクスが捕まえてくるのだから大型獣がいるのは間違いないのだろう。

ところが、だ。

誰も近寄る者のいないはずの北の森の前に、マントを羽織った男が一人、うずくまっていた。

「大丈夫ですか⁉」

シャーロットは思わず声を掛ける。

しかし駆け寄ろうとする彼女を、アーサーが制した。

「そこでなにをしている！」

アーサーが厳しく問いかける。

彼はシャーロットの護衛なのだから、不審な人物を警戒するのは当然だった。

すると、うずくまっていたマントが身動ぎをする。

のっそりと身体を起こした男は、小熊のような男だった。

なんせ前髪が長い上に顔の下半分は黒い髭に覆われ、その人相すらもあやふやだ。

あからさまに怪しすぎる人物の登場に、アーサーはより一層神経を尖らせた。

ポリポリと、熊男は頬を掻く。

彼はふわあと、まるで冬眠から覚めたように大きな欠伸をした。

そして周囲を見回して、一言。

「なんだよ。もう朝か？」

おりしも、太陽は地平に落ちようとしているところだ。

あまりにも見当はずれな言葉に、アーサーとシャーロットは思わず呆気にとられてしまった。

「あの、もう日暮れですよ？　夜の森に近づくのは危険ですし、街に戻られた方が……」

シャーロットがどうにかそう言うと、熊男は驚くでもなくやはりふわあと欠伸した。

「そうかそうか。昼寝のつもりが随分と寝ちまったらしい。しかし日暮れだと言うのなら、もう街の城門は閉じちまってるんじゃないかい？」

確かに男の言うとおり、街と原野を繋ぐ城門は二人の背中でギギィと音を立てて閉じたのだった。

「それはそうですが、閉門に間に合わなかった者でも普通は街道の近くに野宿するでしょう？　見たところ腕に覚えがあるのでしょうが、それでも森での野宿は避けるべきかと」

冷静に諭すアーサーだったが、熊男は小指で耳掻きをしたりと好き勝手にしている。

確かに彼の服装というか装備は、一目で冒険者とわかる程度には整えられていた。丈夫そうな胸当てや、腰に下げられたナイフ。

呆れたアーサーはため息をつき、戸惑っているシャーロットに目をやった。

「行こう。このままでは日が暮れる。この御仁《ごじん》は自分でどうにかするさ」

「でも……」

シャーロットは戸惑い、兄と熊男に交互に目をやる。

本当ならば家にどうぞと誘うところだが、家にはラクスがいるのでそういうわけにもいかない。

「そんなに言うなら、あんた達はどうなんだ？　その荷物は街の市場で買い求めたものだろう。街にいたものが、なぜ日没間近に森の近くにいる？」

痛いところを突かれ、アーサーは黙り込んだ。

確かに大荷物を抱えた二人を見れば、誰でも少し頭を働かせればその発想にいきついただろう。

「私達の勝手だろう。シャーロット行くぞ」

これ以上構ってられないと思ったのか、アーサーは荷物を片腕で、抱えもう片方の手でシャーロットの手を掴んだ。

しかし急な動きについていけないシャーロットは、バランスを崩し荷物を取り落としそうになる。

どうやら兄上殿は、珍しくこの冒険者に調子を狂わされているらしい。

「まあ兄ちゃん、おちつきなって。屁理屈をこねて悪かったよ。俺はただ一夜の宿をお借りできないかと思ってな……？」

そう言って、男は意味ありげにシャーロットを見る。

そしてそのぼさぼさの髪の隙間から、意味ありげにウインクを寄越した。

「ふざけるのもいい加減にしろ！」

アーサーが怒鳴りつける。

怒りにまかせて歩く彼に引きずられるように、シャーロットも足を進めた。

しかしその歩みはすぐに、男の言葉によって止めざるをえなくなった。

「おや？　いいのかい。じゃあ俺が勝手に二人の後をつけて、勝手に寝首を掻こうが構わないってわけだ」

「貴様ッ！」

両手の塞がったアーサーが、喰らい付かんばかりの剣幕で男を睨みつける。

普段の温和な彼を知っているだけに、シャーロットは驚いてしまった。

そうしている間にも、太陽は待ったなしに沈んでいく。

ここでいつまでも睨み合っているわけにはいかない。シャーロットは妥協が必要だと考えた。

「わかりました」

「シャーロット！」

信じられないと言うように兄がこちらを見たが、シャーロットは気にしなかった。

「狭苦しい家ですが、我が家で見たものは全て他言無用と誓っていただけるのなら、一夜の寝床ぐらいはお貸しします」

まるでお伽話に出てくる人を騙す妖精だ。

これがお伽話なら、夜の間に男は姿を変えたシャーロットに食われてしまうことだろう。

同じ感想を得たのか、熊男がピューと口笛を吹いて頷いた。

「それじゃあ、これを」

そう言って、シャーロットはがさがさと持っていた荷物を男に押しつけた」

「へ？」

「ウチに泊まるのなら、荷物ぐらい持ってください。あなたは随分力持ちなようだから、はい、兄様の分もお願いします」

そう言って、有無を言わせずシャーロットはアーサーの荷物も半分ぐらい男の手に押し付けた。

これでアーサーの右腕――つまり利き腕が空き、男の両手は荷物でいっぱいだ。

男が豹変《ひょうへん》しても、騎士のアーサーなら咄嗟《とっさ》に対応できるだろう。

身軽になったシャーロットは、二人に先行して先に家に帰ることにした。

「じゃあ、私は先に戻って支度をしておきますね。二人は疲れないようにゆっくりと、帰ってきてください」

シャーロットの言葉の意味に気付いたのか、アーサーが小さく肯《うなず》いた。

そしてシャーロットは、家に向かって急いで駆け出す。

「おおい、随分と急ぐんだなあ」

そんな気の抜けた声が背中から聞こえたが、気にせず走る。

なんせシャーロットは今から家に戻って、ジェラルドとシリルに事情を話し、更には息子をどこかに隠さなければいけないからだ。

しかし多少手間でも危険でも、シャーロットはなぜか男を野放しにしてはいけない気がした。

それは前髪の隙間から覗く目が、なんとなく油断できない鋭さを持っていたせいかもしれない。

シャーロットは走った。

別に急がなくても追いつかれる心配はないのだが、やはり二人で残してきたアーサーが心配だったからだ。

シャーロットが望めば、不思議な森は応えてくれる。

それほど時をかけずに、湖と我が家が見えてきた。

「ジェラルド様！　シリル！」

ノックもなしに夜営小屋に飛び込んだ。

中にいた二人は、シャーロットの常にない焦った様子に目を丸くしている。

「なにかあったのか？」

椅子に腰かけていたジェラルドが、労るようにシャーロットに近づいてきた。

はあはあと、シャーロットは荒くなった息を整える。

「森の入り口に変な男がいて。今はお兄様と一緒に、迷い込んでいる筈です。早く助けに……っ！」

肩で息をしながら必死で話すものだから、シャーロットの声は途切れ途切れになった。

シリルが、甕《かめ》に汲んでおいた水をコップに汲んで出してくれる。

衝動に任せて、シャーロットはそれをごくごくと飲み干した。

「迷い込んでいる、ということは、その男を森に引き入れたんだな？」

ジェラルドの冷静な問いに、シャーロットはコクコクと頷いた。

「ええ、侵入者はできるだけ捕獲して話を聞きたいと、以前ジェラルド様がおっしゃっていましたから」

実はもう一度森に戻るにあたって、ジェラルドはラクスを外敵から守るために様々な策を立てた。

これもその一つだ。

何度かの実験によって、ジェラルドは森の家に辿りつく条件を突き止めていた。

この森には、部外者が全く中に入れない時と、入れはするが迷い込んでしまう場合がある。

その条件とは、シャーロットが森の中にいる時は迷い、森の外にいる時は中には入れない、というものだ。

事実、ジェラルドが初めて森を訪れた際も、シャーロットは街に出ていていなかった。

だからこそ、森に帰ってきた彼女と国王の使者は遭遇することができたわけだが。

なのでシャーロットが森の中にいる今、その不審人物とアーサーは森の中を彷徨っているはずだ。

訪れた人物が森の家にまで辿りつく方法はただ一つ。

それはシャーロットが同行していなければならないというものだ。

口で招くようなことを言ったり、或いは森の中から手招きしたとしてもだめなのだ。

この現象にシャーロットの意志は関係なく、例えば逃げるシャーロットを同じスピードで追いかけた場合、五割ぐらいの確率で家まで辿りついてしまう。

なのでジェラルドは、もし森の外で不審な人物に遭遇したら、慌てて逃げたりはせず同行のもう一人が客人を引き留め、そのうちにシャーロットには一人で戻るようにと指示していた。

ジェラルドは少し考え、てきぱきと用意を整えた。

国王から下賜《かし》された剣を腰に差し、全身ではなく急所にだけ簡単な鎧を身に着ける。

森の中で、重い鎧を纏って戦うのは不利だからだ。

ようやく落ち着いてきたのか、シャーロットの肩の動きも緩やかなものになっていった。

寄り添ったシリルが、その背をゆるゆると撫でている。

「シリル。お前は念のためシャーロットについていろ。客人は私が迎えにいく」

「しかし！」

シリルとシャーロットが驚いた顔をした。

相手が一人だとはいえ、油断すればなにがあるかわからないからだ。

「大丈夫。アーサーはああ見えて剣の腕も立つ。生きて捕縛するにしても二人で十分だろう。むしろ狭い森の中で相打ちになるのは避けたい」

「団長……」

シリルはどこか不貞腐《ふてくさ》れたような顔をする。

己の力量が疑われていると感じたのだろう。

姉には大人ぶっていても、こういうところでシリルはまだ子供臭さが抜けない。

ジェラルドは苦笑いを零し、シリルの肩を叩いた。

「ラクスとシャーロットを二人で残していくわけにもいかん。留守は頼んだぞ」

騎士団長直々《じきじき》の命令に、シリルは姿勢を正し威勢のいい返事を返した。

「では、行ってくる」

今度は不安げなシャーロットに視線を合わせた。

「ご無事で……どうか兄を……」

彼女の言葉は少し震えていた。

胸の前で握った掌も、同じように小刻みに揺れる。

「心配ない。騎士を二人相手にできる間者《かんじゃ》などいないさ」

ジェラルドはできるだけ気楽に聞こえるように言った。

事実、間者――スパイの本領は、相手の隙を突いた時に最も効果的に現れる。

だからこのようにイニシアチブを取り、更には二対一という数的優位な状況で、後れを取るとはとても思えなかったのだ。

不審者と残されたアーサーが焦《じ》れないうちにと、ジェラルドは夜営小屋を出た。

その背中を、母親に会いに小屋の前まで来ていた竜が、不思議そうに見つめていた。

＊＊＊

アーサーと不審な人物を、ジェラルドはすぐに見つけることができた。

彼らは森の出口からそう離れていない場所を、うろうろと彷徨っているようだった。

日はすっかり暮れて、ゆるゆると森には夜の闇が広がっている。

「兄ちゃんまだかー？　もしかして道に迷ってないか？」

「いいから黙って歩け！」

アーサーが苛立たしげに言う。髭の男はひょうひょうとした態度を崩さないのに対し、アーサーは傍目《はため》にも消耗しているのがわかった。

おそらくは精神的なものだろう。

あやしい男に、ペースを狂わされっぱなしでいるらしい。

あまり時間をかけない方がよさそうだと判断したジェラルドは、騎士にはあるまじきことだが男の不意を突くことにした。

名乗りを上げて一対一での戦いを理想とする騎士道だが、今はそんな場合ではない。

二人の進行方向にある茂みに身を隠し、時を待つ。

あやしい男の手にはいっぱいの荷物。

これで不意を突けないはずなどない。

ところが。

「あー、そこの茂みにいる奴。突然飛び出してきたりしないでくれよ。驚いてうっかり卵を割っちまうかもしんねえからな」

事もなげに言われ、ジェラルドは心臓を直接握られたような驚きを覚えた。

「突然なにを言い出すんだ？」

アーサーが周囲を見回しているところを見ると、二人の視界にうっかり入っているということではないらしい。ジェラルドはすぐに方針を変更することにした。

茂みから立ちあがり、二人の前に立つ。

「団長！」

アーサーは驚いた様子だ。

「身を隠した非礼は詫びよう。しかし男。なぜこの森に？　理由如何《いかん》によっては容赦しない」

剣を抜いたジェラルドは、その切っ先を男の喉元に突き付ける。

「へえ、なんでもない森に騎士様が二人も。どうやらここにいるのは本物みたいだな」

男の言葉に、二人は警戒を強める。

アーサーは荷物を落とし、潜ませておいた短剣を抜いた。

「お前、一体何者だ。ただの冒険者が金目当てで来たのなら、我が国ファーヴニルの名において相応の処分があると心得よ」

男の態度は間者としてはどうもおかしい。

そう考えたジェラルドは、あえて国の名を出すことにした。

もし金目当てで竜を求めてきた冒険者ならば、国に睨まれるのは勘弁と早々に立ち去るはずだ。

冒険者達はギルドに登録し、そこに人権を保障してもらう。しかしたった一人の冒険者のために、ギルドがファーヴニル国との友好を棒に振るはずがない。

「まあまあ兄さん方、剣を引いてくれよ。俺はあやしいもんじゃない」

どこからどう見てもあやしい男がそれを言う。

男はゆっくりと腰を屈めて荷物を置くと、懐に手を入れた。

二人の緊張が高まる。

しかし予想に反して、そこから出てきたのは一枚のカードだった。

「確認してくれ。ギルドの登録証だ」

それはギルドに属する者に配布される、身分証明のカードだった。

アーサーとジェラルドは目だけで会話すると、アーサーが口を開いた。

「こっちへ投げろ」

「おいおい、これは俺の財産だぞ」

冒険者ギルドの登録証は、ギルドに預けた金を引き出すための証明書にもなっている。

男が言っているのはそのことだろう。

「早くしろ！」

焦れたアーサーにため息をつき、男が柔らかい下草の上にカードを投げた。

アーサーはナイフを構えたまま、ゆっくりと屈んでそれを拾う。

アーサーがカードに視線を落とす瞬間、ジェラルドは神経を尖らせた。

しかし予想に反して、男はアーサーの不意を突いたりはしなかったし、両手を上げてのんびりと欠伸などしている。

「これは……」

カードを見たアーサーが、驚きの声をあげた。

彼はすぐさまそのカードをジェラルドへ差し出す。

もちろんもう片方の手はナイフを構えたまま、視線も男からは外さない。

受け取ったカードに、ジェラルドは視線を落とした。

どんな材質を使っているのか、闇の中でもカードはぼんやりと光っている。

「お前は……」

アーサーと同じように、ジェラルドは驚きで言葉を失くした。

カードに記されているのは王冠のマーク。

それは冒険者ギルドでも最高位の、『皇帝《カイザー》』を示す登録証だった。

「なんのために来た？　『金環《きんかん》のセイブル』」

登録証には名前も記載されている。

ジェラルドは、その名前に覚えがあった。

カイザーの称号を許される冒険者はそうはいない。

大陸中探しても、生存しているのは片手で数えられるほどだろう。

それにしても——ジェラルドは考える。

話に聞いていた彼は、見上げるような大男で怪力を持ち、なおかつ俊敏に動き回るという化け物じみた存在だった。

しかし目の前にいる男は、人相がわからないほど髭に覆われているにせよ、普通の冒険者にしか見えない。

背などジェラルドの方が高いぐらいだ。

「いやいや、ここに竜がいるって話を聞いてな」

竜という単語に、緊張が走る。

ジェラルドは思わず、握っていた剣を引き抜いていた。

セイブルが竜を求めてこの森に来たというのなら、なにがなんでもラクスと会わせるわけにはいかない。

彼は己と繋がっているラクスの位置を確認しつつ、目の前の男を睨みつける。

「おお怖い。どうやら当たりのようだな」

対してセイブルは、余裕の態度を崩さない。

彼はナイフを抜くでもなく、何気ない様子で立ったままだ。

三人を包む闇は深みを増し、目を覚ました梟《ふくろう》がどこかでホウと鳴いている。

「竜を求めてきたのなら、尚更ここから先へは行かせられない。我が名はファーヴニル国竜騎士団団長ジェラルド・シグルズだ。この地は国の方によって禁足地に定められている」

「へえ、騎士をしている物好きな王弟殿下ってのはあんたか」

「貴様！　態度を改めろっ」

アーサーが叫ぶ。

彼の投げたナイフが、月明かりにきらりと光った。

シュッという鋭い音が風を切る。

しかし狙いは正確だったはずなのに、その刃はセイブルを傷つけることができなかった。

「おうおう。もっと穏便に話そうぜ」

器用に指で受け止めたナイフを、セイブルは曲芸師のように放り投げ、また自ら受け止めた。

夜だというのに、どんな動体視力をしているのか。

心なしか、その黒目の周囲がうっすらと金色に光っている。

これこそが、彼が『金環』と字《あざな》される証だ。

「俺はな、その竜に会いに来ただけだ。危害を加えたりなんてしない」

「信用できるか！」

アーサーが怒鳴りつけた。

長い時間、神経を張りつめていたせいか、感情が昂《たか》ぶっているようだ。

「会うだけでは済まないだろう。竜の身体、竜の情報、竜の全てが信じられない程の金になる。金を求めて命を危険に晒す冒険者の言葉を、素直に信用しろと言うのか」

ジェラルドの問いかけに、セイブルは皮肉げに笑った。

「ま、そう思われても仕方ないけどな」

持ち主が受け止めなかったので、放り投げられたナイフは土に突き刺さった。

ごくりとアーサーが息を呑む。

しかし事態は、意外な方向へと動いた。

「ばかなっ、やめろ！」

終始落ち着いた様子でいたジェラルドが、突如叫ぶ。

彼はなぜか左手で右手を押さえつけていた。

アーサーはセイブルを警戒しつつ、ジェラルドに駆け寄る。

その時、風が動いた。

ごうっという突風。

森を揺らす木々のざわめき。

そして闇夜を切り裂く白い刃。

「はは、向こうから迎えに来たようだ」

ばっさばっさと、嬉しげに羽根を動かす音。

現れた白い竜――ラクスは、長い首をセイブルに寄せた。

なぜか、彼はとても嬉しそうだ。

「クルゥゥ、クルゥゥ」

まるで喉を鳴らす猫のように、その鼻先をセイブルの身体に擦り付ける。

信じられないものを見るように、アーサーとジェラルドは固まった。

慌てて後を追ってきたシャーロットとシリルが、そこに合流する。

「はあ、はあ……ごめんなさい。この子が突然っ」

説明をしようとしたシャーロットは、目の前の光景に言葉を失った。

自らの息子が、例の怪しい人物に懐《なつ》いている。

「ラクス……？」

「クルルル？」

不安げな母に、ラクスは不思議そうな顔をした。

「お嬢さん、心配しなくていい。これは竜族の挨拶だよ」

セイブルの言葉に、シャーロットは首を傾げた。

その仕草に、髭の男はひっそりと笑う。

「流石になにもかも黙っとくのは、フェアじゃないか」

そう言って、彼は急所を守る胸当てを外した。

そして着ていた上着を脱ぎ、シャツをくつろげた。

月光に晒された彼の素肌は、異様だった。

人の筋肉を、半透明の鱗が覆っている。

月明かりを浴びて、黒いそれは金色の光彩を放っていた。

「いったい……」

四人は言葉を失う。

ただセイブルとラクスだけが、嬉しげに挨拶を繰り返していた。

第十一話◆老いたる戦士の願い

「竜族、だって？」

「正しくは人と竜のハーフだが」

シャーロットの小屋に、大人五人と竜一匹は定員オーバー気味だ。

ラクスを元の二頭身に戻しても、やはり狭い。

セイブルの肩でご機嫌なラクスを、シャーロットはそわそわと見つめる。

今まで初対面の男性にラクスが懐いたことなどなかったので、母親としては心配なのだ。

「だからその身体で、剛腕だの怪力だの噂されているのか」

まだ信じられないというように、アーサーが呟く。

ジェラルドは堅苦しく腕を組み、シリルは物珍しそうにじろじろとセイブルを観察している。

シャーロットにしてもそうだ。

我が子ファーヴニル以外の竜など見たこともないので、自然と彼に目を向けてしまう。

彼女の視線に気付いたセイブルが、髭の奥でにやりと笑った。

「この坊やの母親は、随分と若いんだな」

「わかるのか？」

シャーロットが母親であると見抜いたセイブルに、ジェラルドが眉を顰める。

「わかるもなにも、さっきからこいつがそう言ってる。『ママ大好き、人間大好き』ってな」

皮肉っぽい口調にもかかわらず、ラクスを撫でる手は優しい。

その手つきを見て、シャーロットはなんとなく安堵した。

母親としての本能が言っている。

この男は、息子に危害を加える存在ではないと。

「羨ましいよ。愛されてるんだな……」

ぼそりとセイブルが呟く。

なんとなくなにも言えなくなって、シャーロットは食事を用意するため急いで席を立った。

食事の後、詳しい話は翌朝ということになり、セイブルは男性陣に連れられて夜営小屋へと向かった。シャーロットは期待と不安に翻弄されながら、ラクスを抱きしめて眠った。

＊＊＊

「えっと、どちら様でしょう？」

ノックの音がして、扉を開けたシャーロットの第一声はそれだった。

目の前に、見知らぬ男がいる。

少し日に焼けた精悍な青年だ。シリルと同じぐらいの身長で、簡素な服に少しの武器。そしてザンバラに切った黒髪をしていた。

男の後ろから顔を出したアーサーが苦笑する。

「セイブルだよ。髭を剃らせたら意外に見れる顔で驚いた」

なんだと、とセイブルは不服そうに言い返す。

アーサーは笑っているので、どうやら一晩で随分と打ち解けたらしい。

ジェラルドも苦笑している。

シャーロットはなんとなく仲間外れのような、居心地の悪い思いをした。

「あ、朝ごはんにしますね！」

自らを鼓舞《こぶ》するように、彼女は笑顔を浮かべる。

食卓に並べられた五人分の食事は、テーブルから溢れ出しそうだ。

朝採れ野菜のサラダに、自家製の玉ねぎドレッシング。切り分けたハードパンには木苺《きいちご》のジャムか猪肉のリエットを。あとは具だくさんのフリッタータを切り分けて完成だ。

「へえ、朝から随分と豪勢だなあ」

「そんなことないです！　作り置きばかりで……」

「いや、シャーロットの料理はいつも贅沢だし美味だ」

ジェラルドが無感動に言う。

シャーロットの顔がぼっと赤く染まり、セイブルはなるほどとなにかを悟った顔をした。

「それじゃあ冷める前に頂きますか」

なぜかセイブルが音頭を取り、朝食が始まる。

シリルはなんとなく腑に落ちないような顔をしていた。

朝食の後、夜のうちに男性陣がセイブルから聞き出した内容を、シャーロットのためにアーサーが簡潔に説明してくれた。

「では、セイブル様はお父様を探して……？」

ラクスと同じように母一人子一人だったセイブルは、その父の姿を知らない。

ただ人間とは明らかに違う身体を、ずっと持て余して生きてきたという。

眉を寄せたシャーロットに、セイブルはむず痒《がゆ》そうな顔をした。

「セイブルでいい。気にすんなよ。この年になりゃもう大したことじゃない。薬草売りのルドルフにあんたの噂を聞いてな、最初は興味本位だったんだが、あの嵐の夜に飛ぶ竜を見てな。こりゃ一応確かめていくかと」

「あの時の……」

なんとなく全員が黙り込む。

その場にいなかったアーサーとシリルにはわからないかもしれないが、シャーロットとジェラルドはあの日ラクスの暴走をその目で見ている。嵐の中でもひるまず空を見ていれば、稲妻のように飛ぶラクスを確認できたはずだ。

やはり、あの晩ラクスは目撃されていたのだ。

「それで森に入ろうとして、森全体に竜の魔法が掛かっていると気が付いた。竜が己の縄張りにかけるバリアみたいなもんだ。どうやって入ったもんかと思案していたらなんとなく眠くなって、それであのとおり」

「はあ」

シャーロットは呆気にとられる。

なんというか、その行き当たりばったり感が凄い。

彼のように、恐れるもののない冒険者とはみんなこうなのか。

「ル、ルドルフさんとお知り合いなんですね？」

「お？　ああ、随分古い付き合いになる。昔は一緒にパーティを組んでたんだが、アイツが身を固めて店を出したいって言い出してな。それを切っ掛けにパーティは解散。おかげでこの年で孤独な一匹狼だ」

そう言うわりに、セイブルの顔はどこか楽しげだ。

充実した人生を送っているとわかる、それは曇りのない笑みだった。

その後の説明は簡単だ。

セイブルは母とは違い竜である父を探して、単身各地を放浪してきたという。

「なぜ今更、父を探す？　今更だとさっき自分で言っただろう」

ジェラルドが尋ねる。

親子の縁が薄い環境で育ったジェラルドにとって、それは当然の疑問だった。

セイブルが初めて疲れたような笑みを浮かべる。

「別に竜相手に今更責任取れとか言いたいわけじゃない。俺はただ、知りたいんだ」

「なにを……？」

全員が、彼の言葉に耳をそばだてた。

「俺がいつ——死ぬのかを。こんなんでも、一応八十を超えたじーさまなのよ。俺」

セイブルの言葉に、誰もがかける言葉を失った。

髭を剃った彼は、どう贔屓目に見てもシャーロットと同じかそれより下にしか見えない。

呆気にとられたシャーロットは、咄嗟にラクスに目をやった。

なぜだかはわかないが。

彼はつぶらな瞳で、母親を見返してくる。

「ばかな」

アーサーは、そう言ったきり絶句している。

弟のシリルだって同じだ。

「ほんとばかみたいな事態だけど、俺にとっては現実ってわけ。自分がただ不老なだけで普通に人並みに死ぬのか、それとも人より長い寿命を持っているのか。或いは——」

「『不老不死』……」

ジェラルドが呟く。

全員の視線が、彼に集まった。

「王家に伝わる伝承では、このファーヴニルは元々不死の竜だったそうだ。それが初代シグルズ王の攻撃を受けたことで、百年ごとに生き死にを繰り返すようになった」

思わず、シャーロットは息子を抱きあげた。

彼はなんだかわからないような顔で、けれど嬉しそうに尻尾を振っている。

「竜の生態は未だによくわかっていない。死ぬのかそれとも不老不死なのか、そんな根本的なことすら諸説あって定まらない。各地で文献を調べたが皆、言うことが違う。だから俺は探しているんだ。俺の寿命を教えてくれる竜を」

どこか諦観《ていかん》を感じさせるセイブルの呟きに、全員が言葉をなくした。

――他の人間とは違う。

それだけでも大変な苦痛であると言うのに、己がいつ死ぬるのかわからないというのは、どれだけ不安なことだろう。

大陸の平均寿命は五十を少し過ぎたぐらいだ。

セイブルはそれを三十も超えている。なのに未だ若々しく健康な身体を持っている。

彼の幼少期の知り合いは、おそらく全員天に召されているにもかかわらず。

シャーロットは、息子を抱く腕の力を強くした。

次にラクスが生まれ変わるまで、あと九十七年。それは想像もつかないような先の出来事だ。

当然、その頃シャーロットはとっくに死んでいるはずで、この森に一匹取り残されるラクスを想像すると胸が張り裂けそうになった。

――湖の傍ら、寂しげに佇む竜。

シャーロットはそれを知っている。

それこそが、夢の中で出会ったファーヴニルだから。

「シャーロット……」

シリルの声に、シャーロットは初めて自分が泣いていることに気が付いた。

するすると、頬の上を涙が滑り落ちていく。

「あ、ごめんなさい。そうじゃないんです。そうじゃなくて……」

セイブルに同情したわけではない。

そう伝えたいのに、どうしたらいいかわからなかった。

彼は誇り高い戦士なのだから、同情されたと感じれば気分を害するだろう。

そう思うのに、涙が止まらないのだ。

上から零れ落ちてくる母の涙を、つるつるとしたラクスの頭が受け止める。

シャーロットは己の涙ではなく、息子の肌を滑る涙ばかり拭うのに必死だった。

――この子が愛《いと》おしい。

だから寂しい思いなどさせたくないのに、どうしても自分はこの子より先に死んでいく。

セイブルの母も、こんな気持ちだっただろうか?

老いの遅い息子を、不憫《ふびん》に思いながら死んでいったのだろうか?

「大丈夫だよ。同情じゃないことぐらいわかってる」

そう言ったセイブルの顔は、まるで聖職者のように慈悲深かった。

セイブルが、そっとシャーロットに手を伸ばす。

なぜそうしたのか、それは彼自身わからなかった。

けれどその手は、ふわふわとしたキャラメル色の髪に触れる前に別の手によって遮られる。

「――とにかく、明日城へ行って、竜関連の文献を調べてみよう。我が国の王室は長く竜の養育を請け負っていた歴史がある。なにかわかるかも知れない」

親切心に溢れたその申し出とは対照的に、ジェラルドはどこか不機嫌そうな顔をしていた。

呆気にとられたセイブルが、突然愉快そうな笑い声をあげる。

「はっはっは！　なんだそういうことかよ」

その声に驚いたのはシャーロットである。

なぜセイブルが笑っているのかわからず、慌てて兄弟達の顔色を窺った。

アーサーは呆れ顔。シリルは戸惑っているような表情だ。

ジェラルドだけが、何事もなかったような顔をしている。

「えっと、どういうことでしょう？」

シャーロットが尋ねても、セイブルは笑うばかり。

手元の息子は、相変わらず不思議そうな顔で彼女を見つめていた。

＊＊＊

昼過ぎ、ジェラルドはセイブルを連れて城へと出かけていった。

おそらく泊りになるだろうということなので、今夜は兄妹水入らずの夕食だ。

料理したのは三人前。

ラクスはどこからか捕まえてきた鹿肉を、嬉しそうに頬張っていた。

「不思議だな。竜なんてお伽話の中にしかいないと思ってたのに」

食事中、何気ないことのようにアーサーが言った。

同意するように、口の中でもごもご言いながらシリルが頷く。

シャーロットは、なぜかぼんやりとしながら食事の手を止めていた。

反応のない妹を怪訝に思い、アーサーが問いかける。

「シャーリー、どこか調子でも悪いのかい？」

「え？　いいえ、なんでもないの」

彼女は慌てたように、目の前のパンを口に含んだ。

けれどそれが突然だったためか、喉に詰まらせてむせている。

「なにやってるんだよ！」

怒りながらも甲斐甲斐しく、シリルが水差しから水を注ぐ。

それを飲んだシャーロットは、しばらくしてようやく落ち着いた。

心配する二人を余所《よそ》に、シャーロットは浮かない顔で席を立った。

「ごめんなさい。ちょっと頭を冷やしてくる」

そう言うと、止める間もなくシャーロットは小屋を出た。

驚く二人を余所に、ラクスだけが晩餐を楽しんでいる。

＊＊＊

夜風に当たりながら考える。

母親なのだから当然――そんな思いで今日までラクスと暮らしてきた。

息子は今までに沢山のものを自分に与えてくれた。

森の中で生活も、苦がなかったといえば嘘になる。

それでも、幸せに思う時も沢山あった。

もし自分がただ婚家から追い出されただけならば、こんな未来には辿りついていなかっただろう。

けれど、それはあくまで自分の幸せだ。

(ここで私と一緒に暮らして、それでラクスは幸せなんだろうか？)

セイブルの老成した表情が蘇《よみがえ》る。

竜の生態なんて、当然シャーロットは知らない。

それにラクスとシャーロットは、言葉が通じないのだ。だから意思の疎通も難しい。

（他の竜が暮らす場所で、ラクスを育てるべきなのかもしれない）

例えば野生の動物の群れで、人に育てられた個体が生きてはいけないように。

このままではラクスは、竜としては不完全な存在になってしまうのではないか。

そんな不安が、シャーロットを襲った。

空には星が瞬いている。

こんな日にジェラルドが遠くにいるというのが、なぜか不安に感じられた。

＊＊＊

翌日、シャーロットはシリルと一緒に、森の入り口までジェラルドとセイブルを迎えにいった。

帰りはだいたい夕刻という話だったが、早めに出たのでまだ二人は着いていなかった。

ただ突っ立って二人を待つのは暇なので、シャーロットは森の浅い場所で薬草を探すことにした。


香りづけに使うタイム。

肉料理には欠かせないローズマリー。

爽快な気分をもたらすミント。

バターと混ぜてパンに塗るとたまらないベアラウフ。

野生のハーブを探すのは宝探しに似ている。

幼い頃よく、お手伝いと称してカントリーハウスにある小さな林に潜り込み、日が暮れるまでハーブ探しともかくれんぼとも取れない遊びをした。

子供が強く握りしめすぎて萎《しお》れたハーブを、母は笑いながら「ありがとう」と受け取ってくれた。

大人しいからと放っておかれることの多かったシャーロットだが、そんな時自分は母に愛されているのだと実感したものだ。

「なつかしいな」

声が届く範囲で、がさがさと下草を漁《あさ》っていたシリルが呟く。

それだけで自分達が同じ思い出を共有していると知り、シャーロットは嬉しくなった。

「子供の頃、よくこうやって一緒に薬草を探したよね。シリルは探すのが上手くて、いつも私より沢山抱えてた」

こうなるだろうと予想して持ってきた空の籠には、どんどん薬草の束が積み重なった。

「負けたくなかったんだ。シャーロットに……」

「いつも勝てなかったよ。なにをやっても私はのろいから」

別にシャーロットは、自分を卑下《ひげ》してそう言ったわけではない。

ただ兄弟達に比べて、自分は特にのんびりとした性格だから、そう感じることが多かったというだけの話だ。

それが悔しいという思いは特になく、ただ他の皆はすごいなあと感心しきりだった。

そしてこんなに凄い子達が私の兄弟なのよと、誰かに自慢したいとすら思っていた。

「本当に昔から、シリルは凄いね」

何気なく言った言葉だったが、不意にシリルが黙り込んだ。

「シリル？」

薬草を探す間に遠くまで行ってしまったのだろうかと顔を上げると、予想に反して弟はすぐ傍に立っていた。

作業を中断させて棒立ちになった彼は、シャーロットを見るでもなくどこか遠くを見ている。

「疲れたの？　少し休もうか？」

心配になって声を掛けると、シリルはきっとシャーロットを睨んだ。

「シャーリーはばかだ！」

突然罵倒を投げつけられ、シャーロットは面食らう。

けれど意地悪な弟に馬鹿にされるのには慣れていたので、彼女は怒るでもなく、うっすら首を傾げただけだった。

「う、うん？」

「……っ、なんで怒らないんだよ！　昔っから、俺がなにをやっても怒らなかった。そうやってちょっと寂しげに笑うだけだ。でもだからって、嫁ぎ先から追い出されても怒らないなんておかしいだろ？　どうしてすぐに俺達に頼ってくれないんだよ。なんでいつも、一人でどうにかしようとするんだよ！　昨日だって……」

泣きそうな顔のシリルに、シャーロットは虚《きょ》を突かれた。

おそらくこの意地っ張りだが優しい弟は、シャーロットが昨日一人になりたいと外に出たことを気にしている。

そして指摘されて初めて、シャーロットはなんでも自分の中で納めようとする自分に気が付いた。

幼い頃から、忙しい両親の姿ばかり目にしてきた。

だから自分の世話ぐらいは自分でしようと、悩みを人に打ち明けることなんてしてこなかった。

それをこの弟は、不器用に悲しんでくれている。

「……ごめんね」

とにかくなにか言わないと。

そう思い、口から零れ落ちたのはその言葉だった。

「心配、かけちゃったね」

シリルの綺麗な目に、涙の膜が光って見てた。

「シリルは優しいから、私のこと心配してくれたんだね」

そう笑いかけると、弟は赤面してそっぽを向いた。

身体はすっかり大きくなった弟も、そんな仕草はまだ幼く感じられる。

「……そうだね、皆がいるんだもん。もう一人じゃないんだから、ちゃんと皆に頼らなくちゃね」

シャーロットの独り言めいた呟きを、春の風がそっと運ぶ。

『皆じゃなくて俺を』という言葉を、シリルはごくりと喉の奥で押しつぶした。

＊＊＊

城で竜の居場所に関する有力な情報が手に入ったそうで、セイブルはご機嫌だった。

ジェラルドは相変わらずの無表情だったが、シャーロットを見て小さく口元を和らげたので、やはり結果は上々だったのだろう。

「世話になったな。明日の夜には出発するよ」

どこか浮かれた風情で、セイブルが言う。

ラクス以外で初めて竜が身近な人に出会ったので、シャーロットは彼の出立《しゅったつ》を残念に思った。

だからその日の夜には、予《あらかじ》め下ごしらえしておいた料理の他に、とっておきの数日前に焼いたシュトレンを切り分けた。寝かせることで美味しさの増すドライフルーツたっぷりのお菓子は、シャーロットの得意料理でもある。

アーサーとシリルは勿論、初めて食べたジェラルドやセイブルにも喜んでもらえて、シャーロット達は賑やかな晩餐を過ごした。

ホウホウ。

森で梟が鳴いている。

男性陣が夜営小屋に戻った後、シャーロットは彼らに気付かれないよう外に出た。

ラクスを連れてこなかったのは、彼がいると考えがまとまらないと思ったからだ。

これから息子をどうするべきなのか、シャーロットは迷っていた。

一人ではとても答えが出そうになかったが、だからといって男性陣に相談するのは違う気がする。

彼らはファーヴニルの騎士だから、当然国から出すべきではないと言うだろう。

けれどシャーロットは、本当にラクスのことだけを考えた正解を見つけたかった。

今なら、同じように竜を訪ねるというセイブルを頼ることができる。もし国から出て竜を探す予定なら、チャンスは今しかない。

カイザーランクの冒険者だ。問題なくとは言わないまでも、おそらく他の誰よりも安全にラクスを運んでくれるはずだ。

（リミットは、明朝……）

ガサリ。

物思いに耽っていると、すぐ側で草を踏む音がした。

シャーロットは驚いて振り返る。

そこにいたのはセイブルだった。

彼はシャーロットの驚くほど近くにいる。

おそらくは、シャーロットに気付かせるために敢えて足音を立てたのだろう。

つまり、それまではこの草むらでどうやってか足音を消していたということだ。

「驚かして悪いな。他の奴らを起こさない方がいいかと思って」

セイブルは笑う。

そうしていると、普通の青年のようにしか見えないのに。

シャーロットは改めて、彼の年齢に驚きを感じた。

「隣いいか？」

尋ねられ、シャーロットはコクリと頷いた。

彼女が腰かけていた隣に、少しだけ空間を置いてセイブルが座る。

「あんたには世話になった」

「そんなこと……」

彼の登場に驚いていたシャーロットは、おずおずとそう言った。

直前まで彼のことを考えていたのに、いざ目の前にするとなにも言葉が出てこなくて驚いた。

しばらく、穏やかな沈黙が落ちる。

ホウホウと、梟がまたも鳴く。

「俺に話があるかと思ったんだが、違ったか？」

笑って問われ、シャーロットは自分の心の裡《うち》が見抜かれたような気分になった。

「あ……はい。実はそうで、ラクスをどう育てるべきなのか、私悩んでしまって……」

促されると、思いのほかするりと言葉が出てきた。

セイブルの、人を落ち着かせるようなゆったりとした笑みのせいかもしれない。

「俺が来たことで、余計な心配をさせちまったな。ごめんよ」

「いえ！　その、セイブルさんのお話を聞けてよかったです。私このままでは、あの子を――」

「あの子を？」

「親の身勝手で、ずっとここに閉じ込めていたかもしれない。ラクスは人間ではないのだから、本当は私とではなく、同じ竜の許で暮らすのが幸せの筈なのに……」

悲しいけれど、それが事実だ。

人の母の許で生まれ育ったセイブルが今でも他の竜を探しているように、ラクスにも竜の常識を教えてくれる誰かが必要だろう。

言葉にすると、それが絶対正しいことのように思われた。

しかしセイブルはといえば、どこか微妙な顔をしている。

（おかしなことを言ったかしら？）

シャーロットは首を傾げた。

「あ――」

セイブルはガシガシと頭を掻いた。

そして空を見上げる。

「あんたの悩みに、俺は正しい答えなんて返してやれないけどよ」

つられて空を見上げれば、そこにはぽっかりと丸いお月様が。

「俺の母ちゃんは、剛毅《ごうき》な女でさ。俺のこの身体を見ても、なんだこんなもんって。他の奴より頑丈で便利じゃないさって笑うような人だったんだ。そんで、村の奴に気味悪がられて村の中に住めなくても、俺の鱗を狙って冒険者なんかに襲われようとも、絶対に俺を責めなかった。俺は母ちゃんが死ぬ十八まで親元にいたんだが、その最期を看取《みと》ってやれて、今でもよかったと思ってるよ。母ちゃんには死ぬまで俺の父ちゃんってどんな竜だったんだって聞けなかったけど、死ねないとわかった今でもそんな母ちゃんを恨んだりはしていない。なあ、俺が言いたいこと、わかるか？」

突然問いかけられ、シャーロットは言葉をなくした。

ただ、ジリリと胸が焼けるような、不思議な気持ちを持て余している。

「あんたが悩むのは勝手だが、言葉が通じないからって蔑《ないがし》ろにしないで、ちゃんと息子の希望を聞いてやれよ」

その言葉を機に、セイブルが立ちあがる。

そして口笛の真似事をした。しかしなんの音もしない。

ところが、それが合図であったかのように、シャーロットの小屋からラクスが飛び出してきた。

彼は一目散に、シャーロットめがけて飛んでくる。

「そいつは見知らぬ竜じゃなくて、きっとあんたと暮らしたいって思ってるぜ……」

そう言いながら、セイブルは去っていった。

飛び込んできたラクスを抱きとめるのに必死で、シャーロットは彼に返事などできなかった。

ただ手の中にある感触が愛しくて、それで胸がいっぱいになってしまった。

つぶらなラクスの目が、ただただシャーロットを好きだと叫んでいる。

「私って、やっぱりのろまね」

そう言いながら、シャーロットはそっとラクスの鼻のあたりを押した。

ヒクヒクと、息子はむず痒そうに短い手で顔を触る。

「人に言われなきゃ、息子のあなたの気持ちにも気付けないなんて……」

ぽつりぽつり。

ラクスの顔に熱い雫が落ちてくる。

短い手でごしごしと、ラクスはずっとそれを拭っていた。

＊＊＊

翌朝、早々にセイブルは旅立つことになった。

万が一にも森の中で迷わないように、シャーロットはジェラルドと一緒に彼を森の出口にまで送っていった。

アーサーとシリルはお留守番だ。

ラクスも最近やっと二人に懐いてきた。

時折、彼らの剣の稽古を興味深げに見学していたりもする。

「すっかり世話になったな」

出会った時からは想像できないような、小ざっぱりした姿だった。

顔には人好きのする笑みが乗っている。

その見た目は若々しく、とても八十を超えているようには思われない。

「またいつでも来てください。ラクスも喜びます」

シャーロットは心からそう言った。

彼のお陰で、母親として未熟な自分に気付くことができた。

姿も、生態も、寿命すらも違う息子と今後どう付き合っていくのか。

今のように息子を盲目的に可愛がるだけでは、きっとこの先困る時が来る。

人間の親子の間ですら、平等に訪れる別れ。

どうしても目を背けたくなるそんな未来を、シャーロットはこれからも見つめて行かなくてはならない。

「すっかりお世話になっちまって。お嬢ちゃんの料理が食えなくなるのは残念だよ。近くに来たらまた寄らしてもらうからな！」

少なくとも、今のセイブルの顔に陰りはない。

不老という難題を抱えた彼がそのように笑えるのは、彼の母親の影響が大きいような気がする。

自分もラクスにとってそんな存在になりたい、とシャーロットは心ひそかに思っていた。

「次は髭を剃ってから来てくれよ」

生真面目なジェラルドが、珍しく冗談を言う。

どうやら二人で城を訪ねた際、意気投合したらしい。

意外な組み合わせのような気もするが、セイブルの何者にも縛られない自由さが、ジェラルドには小気味良く思えるのだろう。

「おう。また手合せ願いますよ騎士団長さま」

「カイザークラスの冒険者に言われても嫌味なだけだ」

「よせやい。あんたは最後の手段を使わなかった。信頼に足る男だよ」

そう言って、セイブルは右手の甲を人差し指でとんとんと叩いて見せた。

なにを言っているのか、わからなかったシャーロットだが、一瞬後に、それがラクスへの使役魔法を指すことに気付く。

セイブルは、彼らを繋ぐ絆に気付いていたのだ。

「竜を使役する魔法なら各地に伝承が残っている。実際の使い手を見たのは初めてだがな」

「俺はそんなつもりでラクスを――」

言い返そうとしたジェラルドの言葉を、セイブルは遮った。

「だから、信頼に足るって言ってんだよ。咄嗟の瞬間に人間の本質は現れる。ラクスはいい主を持った。いいや――いい父親の間違いか？」

「ばっ！　なにを」

セイブルがにやりと笑い、ジェラルドは泡を食ったように言葉をなくした。

話についていけないシャーロットだけが、しばらくしてその意味に気付き、頬を真っ赤に染める。

「で、殿下に失礼です！　ただでさえこんな面倒な任務に就いていただいて、本当に申し訳ないくらいなのに」

シャーロットは俯いて口早に言った。
顔が熱くて、二人の顔が見れない。
「面倒だなんて、そんなことは……」
ジェラルドは優しいから、シャーロットがこう言えば当然フォローしてくれる。
だからこそ、いつまでも彼の優しさに甘えるべきではないのかもしれない。
シャーロットは、ぼんやりとそんなことを考えた。
その時だ。
「きゃっ！」
突如引き寄せられ、シャーロットは小さな悲鳴を上げた。
気付けばセイブルの腕の中。
その腕は見た目よりガッチリとしていて、太くたくましい。
親愛を示す抱擁《ほうよう》としては随分と力強いそれに、シャーロットは言葉をなくした。
間近でにやりと笑ったセイブルは、彼女の耳に唇を寄せる。
『竜が見つかったら、必ず知らせに来る』
囁かれたのは、思いもよらない言葉だ。
『だからそれまで、この森で息子と暮らせよ。焦ることたあない』
驚いて見上げれば、セイブルはまるでいたずらっ子のような顔でにっこりと笑った。
「なにをしている！」

ジェラルドが、シャーロットを救い出そうと手を伸ばす。

その手がシャーロットの肩に掛かった刹那《せつな》、セイブルは素早く腕を放した。

力の入ったジェラルドの手は勢い余って、シャーロットを乱暴に引き寄せた。

なにをする暇もなく、ジェラルドの胸に背中から倒れ込む。

慌てたジェラルドに右手一本で支えられ、まるで抱っこされる子供のようだ。

「あ……あ……」

シャーロットはしばらく、現実を直視するのを拒否していた。

なぜか。

それはシャーロットを抱き寄せたジェラルドの腕が、彼女の胸を押しつぶしていたからだ。

その腕のたくましさや熱などは、夫婦生活なくしてラクスを身籠もったシャーロットにとっては、全くの未知だった。

「す、すまない！」

慌てて腕を外したジェラルドに謝られても、シャーロットはなにも返せなかった。

ただにやにやと笑うセイブルの顔が、今は少し憎らしい。

「次に来る時までには、少しは進展しててくれよお二人さん！」

そう言って、わたわたと慌てる二人を置き去りに、セイブルは旅立っていった。

どうして最後までしんみり見送りをさせてくれないのだろう。

シャーロットはそうして現実逃避しながら、遠ざかる彼の背中を見送った。

この先、セイブルとその母親を見舞ったような荒波が、シャーロットとラクスにも襲い掛かる日がくるかもしれない。

――それでも私には、支えてくれる人たちがいるわ。


共に暮らす、アーサー、シリル、それにジェラルド。

ラクスと母一人子一匹だった頃と比べて、それはどれほど心強いことだろう。

シャーロットは頬を赤く染めたまま、狼狽するジェラルドの様子を盗み見た。

その時彼女の胸に溢れた気持ちは、今はまだ名前のない、柔らかくて甘酸っぱいなにかだった。

特別書きおろし短編

竜の子の一日

太古の昔より、その湖には竜が棲んでいた。
ファーヴニルという、水を自在に操る竜だ。
いつからそこにいたのか、それは竜にすらわからない
彼は人よりも動物よりも植物よりも、ずっと早くからそこにいた。
ファーヴニルは永遠に近い時を生き、なによりも強く、美しく、そして気高かった。

ところが数百年前、その魂に愚かな人の子が瑕をつけた。

おかげでファーヴニルは永遠という時を失い、生と死を繰り返す存在となる。

人の胎を借りて生まれ、そして百年の後《のち》に死ぬる存在。

人を呪い人を愛し人を食う。

それがファーヴニルという竜であった。

＊＊＊

さあて、ラクスと名付けられた竜の子は、まだ生まれて四年にも満たない稚い《いとけな》存在だ。

その過去と未来を見通す目はしっかりと閉じられ、聡明なはずの頭もまだ上手く働かない。

ただ自分を産んでくれた母が好きで、エサとなる動物を追いかけまわすのが好きで、あとは晴れあがった空や澄んだ水の中にいることを好む、無邪気なだけの生き物だ。

ラクスの朝は、母の隣で始まる。

母であるシャーロットの寝台に乗り、毎晩丸くなって眠るからだ。

朝早く起き出すシャーロットに合わせるように、ラクスの朝も早い。

本来竜はどちらかといえば夜行性のはずだが、シャーロットを慕うラクスにはそんなこと関係ないのだった。

彼は眠い目をこすりこすり、朝食の用意を始めるシャーロットについていく。

そして彼女が持ちあげた水汲み用の木でできたバケツを奪い、湖に水を汲みにいくのだ。

永く竜の住処《すみか》である湖の水は澄んでいる。

川から流れ込むのではなく、その水は地下からこんこんと湧きあがってくるのだ。

持ち手を小さな牙に器用に引っ掛け、ラクスは水を汲む。

シャーロットの暮らす小屋と湖をそうやって何度か往復すると、水を貯める大きな甕《かめ》は新鮮な水でいっぱいになった。

「ありがとうラクス。すごいわ。いい子ね」

シャーロットが満面の笑みを浮かべ、つるりとしたラクスの頭を撫でる。

竜の子は柔らかくて温かいその手が大好きだ。

シャーロットはことあるごとに、ラクスをそうやって褒めてくれる。

撫でられるのが大好きな息子は、いつも母親の手伝いができる瞬間を虎視眈々《こしたんたん》と狙っているというわけなのだ。

ラクスが汲んだ水でシャーロットが料理の用意を始めると、ラクスは小屋から出て自分の朝食の準備にかかる。

彼のごはんは、人間のそれとは少し違っている。

血の滴るような新鮮な肉。

それこそがラクスの好物なのだった。

けれど、あまり大物を探していては朝食の時間に間に合わなくなってしまう。

ラクスはシカや熊などの獲物を諦め、よく身の締まった小動物を狙うことにした。

三年間の暮らしで、湖の周囲に広がる森はラクスの庭も同じだ。

彼は以前から目を付けていたウサギの巣に張り込むと、小石を投げ込み驚いて飛び出してきたウサギを首尾よく狩ることができた。

未熟期とはいえやはり竜。

その狩りは、野生動物のそれとはいささか異なるようだ。

とにもかくにも朝食を調達したラクスは、意気揚々《いきようよう》とシャーロットのいる小屋へと戻る。

その頃にはちょうど彼女も朝食を作り終え、狭い小屋には三人の男たちが集まっていた。

体格が大きい順に、ジェラルド、アーサー、シリルだ。

母と子の生活に割り込んできた三人の人間に、ラクスは未だに慣れていない。

なので、もしシャーロットに害をなそうものなら、すぐにでもその鋭い牙で噛みついてやろうと思っている。

しかし彼らとシャーロットの仲は良好なので、今のところラクスの牙の出番はないというわけ。

さて、気を取り直して。

人間たちが食事を始めるのと同時に、ラクスもテーブルの下で狩ってきたばかりの新鮮な食事にありつく。

「今日は街に行ってきますね」

母の言葉に、ラクスはピクリと顔を上げた。

バリバリと軟骨を咀嚼していた口の動きが止まる。その口元はまだ温かい血で濡れていた。

『街』という単語がラクスは嫌いだ。

その単語が母の口から出るということは、彼女が一日家を空けることを意味していた。

シャーロットが大好きなラクスにとって、それは歓迎できない事態である。

抗議しようと人間たちの目線の位置までぱたぱたと羽ばたいて上昇したが、行儀が悪いと母に窘められてしまった。

怒られてしょぼんとした竜の子は、がっくりしてウサギの処理に戻っていった。

＊＊＊

シャーロットとその護衛役であるアーサーが出かけてしまうと、森に残ったのはラクスと大きい人間と小さい人間になった。

大きい方の人間はいつものように薪割り。

小さい方の人間はなにやら棒を持ち出して、何度もそれを振りあげては下ろしてを繰り返している。

その奇妙な動きに興味を持ったラクスは、翼をぱたぱたと動かして小さな人間を見下ろした。

中くらいの人間と小さい人間は、ラクスの母とどことなく雰囲気が似ている。

なので警戒はしつつも、珍しいことをしているとつい近づきたくなってしまうのだ。

この小さい人間、名前はシリルといった。

シリルはシャーロットよりは大きいが、他の二人の男と比べるとやはり体が小さい。

人間の中でもまだ子供なんだろうと、ラクスはぼんやり思っている。

「おい、見ていても面白いことなんてないぞ」

彼はラクスを見上げ、少し困ったように話しかけてくる。

ラクスは首を傾げ、ゆっくりと高度を下げた。

「わっ、降りてこられたって、なにもないんだってば。遊んでるんじゃないんだぞ」

人間が生真面目ぶって言う。

この小さい人間を、ラクスは他の人間とは別の意味で警戒していた。

多分彼はラクスと同じで、シャーロットが大好きなのだ。

だってシャーロットがその場にいると、いつも目で追っている。

そしてシャーロットが自分以外を相手にしていると、少し寂しそうな顔までするのだから。

——自分と同じだと、ラクスは思う。

きっとこの人間は、自分とおんなじでシャーロットに甘えたいのだ。

けれど人間は竜と違って素直じゃないから、それを正直に表せなくてぶっきらぼうな態度になるのだろう。

『少しは素直になればいいのに』

ラクスは珍しく小さい人間に話しかけてみたが、彼はより困った顔をするばかりだった。

竜の言葉は人間には通じない。それは母であるシャーロットも同じだ。

人と竜の声帯は明らかに違いがあって、ラクスはどんなに頑張っても母親の使う言葉を発音することができない。

もう少し大きくなれば声を介《かい》さずともテレパシーで会話できるようになるが、人間の言葉を完全に理解していないラクスには、まだ無理なのだった。

ラクスは思う。

この小さい人間が素直に甘えれば、きっと母は嬉しい顔をするに違いない——と。

だって優しいシャーロットは、この人間にツンケンされるたびに悲しそうな顔をするのだ。

母の悲しそうな顔を見ると、ラクスはお腹がきゅーっとして、お腹が空いた時のように心もとない気持ちになる。

だからそんな時、ラクスはシャーロットの悲しみを和らげたくて必死で体を擦りつける。

そうすれば、よろけながらも彼女は嬉しそうに笑ってくれるのだ。

「どうした？　なにかあったのか」

対峙する一人と一匹のもとに、近づいてきたのは一番大きな人間だった。

この人間は少し厄介だ。

なにせ、ラクスを不思議な金の糸で、思いどおりに動かすことができる。警戒するに越したことはない。

なので厄介な相手が来たとばかりに、ラクスはその場を飛び去った。

＊＊＊

ラクスは成長期だ。

なので食べても食べてもお腹が空く。

自分の何倍もあるよう鹿だって、ぺろりと一頭平らげてしまう。

危ないことはしないでねとシャーロットは言うが、なので狙う獲物は自然と大物になった。

その日、ラクスが目を付けた獲物はイノシシだ。

口元に立派な牙のあるそれは、若い雄なのだろう、群れではなく単独で行動していた。

ラクスはその丸い目をぱちくりと瞬かせると、しばし停空してどうやって狩ろうかと考える。

そして結論が出ると、四枚の翼を動かして猪の進行方向に飛び出した。

「プギィィィ」

突然飛び出してきた生き物に驚き、イノシシはラクスを避けようとする。

しかしその進路を更に邪魔すると、敵だと判断したのだろう。ラクスを牙で攻撃するため突進してきた。

足場の悪い腐葉土の上だろうが、イノシシは凄まじい勢いでラクスへと迫る。

ラクスはイノシシが近づいてくるのを冷静に観察し、その鼻先が自分に接触しかけた刹那、素早く高度を上げてしっぽを使ってイノシシの鼻先を叩いた。

そしてそのまま、まるで逃げるように木々の間を素早くすり抜ける。

若い雄は馬鹿にされたと感じたのか、怒り心頭でラクスを追った。

バサバサという風を切る音。

ドドドドという イノシシの足音。

ラクスが体を掠めた木から、小鳥が驚いてピチチチと飛び出す。

しかし構わず、ラクスは飛び続けた。高度を上げすぎも下げすぎもせず、ちょうどイノシシの目線の位置になるように調整しながら器用に飛び続ける。

そうやってイノシシを引き付けたまま飛んでいると、森がやがて途切れた。

遮るもののなくなった日差しに、イノシシは驚きの声をあげる。

そしてバッシャーンという激しい水音。

そう、ラクスがイノシシを誘導したのは森の中にある湖だった。

イノシシは泳ぐことができるはずだが、さすがに突然の水の存在に驚きで我を忘れている。

その巨体がもがくことでばしゃばしゃと飛沫が上がった。

ラクスは獲物の様子を冷静に観察しながら、ゆっくりと目を青く輝かせる。

すると湖の水がまるで意識を持ったように、もがくイノシシの体に巻き付いた。

水はそのままイノシシの全身を覆い、巨大な球体となって湖から飛び出す。

驚き、暴れ続けていたイノシシは、やがて動かなくなった。

竜はこうして、狩りをとおして己の力の使い方を学んでいく。

教えを乞うべき親がいなくとも、生き死にを繰り返すファーヴニルは本能的にその方法を知っているのだ。

＊＊＊

食事を終えたラクスが小屋に戻る頃には、太陽はすっかり西に傾いていた。

シャーロットの帰りはまだだ。

意識で母親と繋がっているラクスは、森にシャーロットの気配がないとちゃんとわかっている。

それでも小屋に戻ってきたのは、やっぱりもしかしたらという期待があったからだ。

母が恋しくてたまらないラクスは、彼女の匂いのするベッドで退屈を紛らわせることも多い。

しかし小屋に戻ったところで、ラクスはちょうど小屋の点検をしていたジェラルドとかち合ってしまった。

——嫌いではないが、なんとなく苦手。

それがジェラルドに対する、ラクスの印象だ。

なのでその瞬間、まるで逃げ道を探すように彼は視線を彷徨わせた。

シャーロットがいればここまで露骨な反応をすることはないのだが、一対一になるのはなんとなく避けたい相手だ。

ラクスのそんな願いを悟ったのか、ジェラルドは気難しい顔をわずかに緩めて苦い笑みを零した。

「そんなにこわがらなくても、獲って食ったりしないぞ」

彼がこんな冗談を言うのは、とても珍しいことだ。

「お前の母親ならもうすぐ帰ってくる。頼りになる護衛がついてるから、そんなに心配しなくても大丈夫だ」

ラクスから視線を外して点検を再開させるジェラルドに、小さな竜の子はおそるおそる近づく。

イノシシ一頭を簡単に仕留めてしまえるラクスでも、使役術を行使できるジェラルドに対してはどこか遠慮がちにならざるを得ない。

そんなラクスの気持ちを知ってか知らずか、ジェラルドはああでもないこうでもないと据え付けの棚を直すのに夢中だ。

その棚は以前ラクスがうっかり体当たりしてしまったもので、ぐらついて危ないのでシャーロットは荷物を置かないようにしていた。

シャーロットは怒りはしなかったが、その時の記憶がしっかり残っているラクスは、『どうするの？』とでも言いたげにジェラルドの近くに留まる。

彼は王族とは思えないような手つきで棚を修理すると、ぐらついていたその土台をしっかりと固定したうえで、野営小屋の材料の残りでしっかり補強までしてみせた。

竜であるラクスは知る由のないことだが、王族が自ら棚の修理などこの国の国民からすればとんでもないことだ。

だというのにジェラルドはどこか上機嫌で、普段刻まれている眉間の皺も、今はすっかり鳴りを潜めている。

「ずっと、こうしていられたらいいのにな」

ジェラルドの呟きに、ラクスが不思議そうに首を傾げる。

人とこれほどまでに近い竜でも、さすがにその感情の機微までは感じ取ることができない。

ジェラルドも、ラクスにわかってもらいたくて言ったわけではないのだろう。

西日の中で、彼はどこか寂し気に見える。

そんな風にラクスが思った、ちょうどその時だった。

＊＊＊

ラクスがなにかに反応するように身じろぎする。

そしてその直後、喜びが隠し切れないというように大きく尾を振った。

一瞬驚いた顔をしたジェラルドだが、すぐにその理由を察して今度は曇りのない笑みを浮かべる。

「じゃあ、出迎える準備をしないとな」

そう言うと、彼は棚の最終点検をして道具を片付け、小屋の外に出る。

ラクスは待ちきれないと言わんばかりに、四枚の翼で大きく宙をかいている。

それからしばらくして、日が落ちきる前森に二人の人影が見えた。

アーサーとシャーロットだ。

どちらも大きく膨れた荷物を背負っていた。

小柄なシャーロットはまるで荷物の方に背負われているように見える。

ラクスはシャーロットのいる方へと飛んだ。

早く、そしてまっすぐに。

息子に気付いた彼女は、満面の笑みで大きく手を振る。

その様子を見ていたジェラルドは、片手で思わず自らの口元を覆った。

使い慣れない顔の筋肉が、引きつったように思えたからだ。

城では堅物、氷の王子と揶揄された彼も、ここでは溢れ出る笑みを堪えることができない。

一方ラクスに飛びつかれたシャーロットは、バランスを崩して倒れそうになるところを兄のアーサーに支えられていた。

それでも怒ることなく愛おしげにラクスを抱きしめる姿は、愛のない幼少期を送ったジェラルドにはあまりにも眩しい。

「ずっと、この時が――」

もう一度呟きかけて、ジェラルドはその言葉を飲み込んだ。

言葉にすれば、その一瞬の幸せがどこかに消えてしまうような気がしたからだ。

兄姉の帰宅に気付いたシリルが近づいてくる。遅いと怒鳴る彼に、シャーロットは眉を下げて謝っている。お母さんを苛めるなとばかりに、シリルに突撃しようとするラクスと、それを宥めるアーサー。

なんて幸せな箱庭だろうと、ジェラルドは空を仰いだ。

あとがき

はじめましての方もそうじゃない方も、この本を手に取っていただきどうもありがとうございます。作者の柏《かしわ》てんです。

えー、二十八文字もあるけったいなタイトルの本著は、『小説家になろう』で現在連載中の作品となっております。それが様々な巡り合わせにより、こうして宝島社様より刊行して頂ける運びとなりました。

というわけで、まずは関係各位に謝辞を。

担当のS様、初対面で一時間以上喋り倒した私と、こうして一緒に本を作ってくださって、本当にありがとうございます。

またイラストを担当してくださったフライ様、その繊細なタッチに一目で惚れました。お忙しいなか、イラストを引き受けてくださって、ありがとうございます。

表紙をご覧になった方は、私の感動をきっと共有してくれているはず！

うちの子かわいいでしょ？　って、道行く人に自慢したくなるほどです。

そして、今この本を開いてくださっている読者の皆様。

素人に産毛が生えたような私がこうして本を出せているのは、皆様のおかげです。

改めて感謝を。

さて、ではあとがきということで、この物語の誕生秘話でも一つ。

このお話を思いついたのは、もう一年以上前です。

実家で犬の散歩をしている最中、ぼんやりしていた私の頭に、森の中で世捨て人のように暮らす女の子という設定が、突如として浮かんできました。

その時のシャーロットは、確か賢者だったり魔女だったりしてすごい悟っているキャラだったのですが、そこからどこをどう転がったのか、若くして子持ちになり嫁ぎ先を追い出されるという、まるで昼ドラのヒロインのような境遇に着地しました。

なので彼女が魔女と呼ばれている設定は、この時の名残です。

シャーロットは天然で温厚で、はっきりいって当初の構想とは真逆なキャラになってしまいましたが、それでもラクスと仲のいい様子が書いていてとても楽しくて、今では大好きなキャラです。

ジェラルドと二人、どちらも恋愛に積極的な性格じゃないのでなかなか進展しないですが、こういう人たちが腹をくくると意外に早いんだよなとか思いつつ、じれじれを楽しんでいます。

うん。じれじれ大好きです。今後もこの二人には思う存分じれじれしてもらおうと思ってます。

みなさんにも、ぜひそのあたりと楽しんでいただければと。

あ、そろそろお別れの時間ですね。

それではまた、どこかでお会いできますようにと願いつつ。

柏てん

『竜の子を産んだら離縁されたので森で隠居することにしました』
ラクスとってもかわいいです。
どうぞ、よろしくお願いいたします！
フライ

※本書は「小説家になろう」（http://syosetu.com/）に掲載されていたものを、改稿のうえ書籍化したものです。
この物語はフィクションです。
実在する人物、団体等とは一切関係ありません。

柏てん（かしわてん）
2014年デビュー。地元茨城を愛してやまないアラサー。
最近は猫を飼いたくて仕方ない。
最後の短編を書いているあたりで、パソコンから変な音がし始めたので
現在買い替えを検討中。

イラスト **フライ**
東京都在住の漫画家、イラストレーター。
漫画、書籍の挿絵、ゲームのキャラクターデザインを中心に活動中。

竜の子を産んだら離縁されたので
森で隠居することにしました
（りゅうのこをうんだらりえんされたのでもりでいんきょすることにしました）

2016年11月18日　第1刷発行

著者　柏てん

発行人　蓮見清一
発行所　株式会社宝島社
〒102-8388　東京都千代田区一番町25番地
電話：営業03(3234)4621／編集03(3239)0599
http://tkj.jp

印刷・製本　中央精版印刷株式会社

ISBN978-4-8002-6116-8

借り暮らしのご令嬢

江本《えもと》マシメサ

イラスト／ラパン

定価：本体1200円＋税［四六判］

苦労人系騎士と
箱入り没落令嬢の
すれ違い恋愛劇、開幕！

「麗しの薔薇」と讃えられる高嶺の花、伯爵令嬢アニエス。貧乏貴族のベルナールは、アニエスに夜会の晩、生まれや育ちを嘲笑うような蔑んだ目で見られたことを根に持っていた。最悪の出会いから5年、アニエスの家は突然没落する。何もかも失い、悪評のみが残ったアニエスを助けたのは、ベルナールだけだった。ただし、「使用人としてなら」という条件で——。

宝島社 検索

好評発売中！